真
故
TRUMANSTORY

真实打动世界

失明、漫游与白日梦

纪永生　著

台海出版社

图书在版编目（CIP）数据

失明、漫游与白日梦 / 纪永生著. — 北京：台海出版社, 2020.10

ISBN 978-7-5168-2697-3

Ⅰ.①失… Ⅱ.①纪… Ⅲ.①叙事散文－中国－当代 Ⅳ.①I267

中国版本图书馆CIP数据核字(2020)第154924号

失明、漫游与白日梦

著　　者：纪永生

出 版 人：蔡　旭
责任编辑：王　萍
特约编辑：果旭军
封面设计：周　墨

出版发行：台海出版社
地　　址：北京市东城区景山东街20号　　邮政编码：100009
电　　话：010-64041652（发行、邮购）
传　　真：010-84045799（总编室）
网　　址：www.taimeng.org.cn/thcbs/default.htm
E - mail：thcbs@126.com

经　　销：全国各地新华书店
印　　刷：北京中科印刷有限公司
本书如有破损、缺页、装订错误，请与本社联系调换

开　　本：880毫米×1230毫米　　1/32
字　　数：170千字　　　　　印　张：8
版　　次：2020年10月第1版　印　次：2020年10月第1次印刷
书　　号：ISBN 978-7-5168-2697-3

定　　价：45.00元

自序
蜗牛、兔子、大雁以及我自己

高一退学后，我咬牙切齿地认为自己一定能成为一个伟大的作家，后来我抑郁了，就把这件事给忘了。

现在这本书要出版的时候，编辑要我给这本书写个自序。我问他自序是啥，他说本来是该找个名人给你写的，但你现在一点名气都没有，还是你自己弄吧。写了一天发给他，他又说大哥这不对。

我这次能出书是因为我有点病。生理上的病，截至目前我只有个罕见的眼底黄斑病变，不但治不了，还在不断恶化，大夫说不排除致盲的可能性。但是我有很多想做的事，所以这个遥远的结果我就先不等了。就像明知道自己早晚会死，等它干吗呢？心理上的病就杂了，有些我也不知道学术名怎么叫，反正越来越多的亲朋好友都坦言我有点不正常。

不正常不等于不好，身边羡慕我的人挺多的，包括我自己，尤其我自己。被别人羡慕算不了什么，自己羡慕自己才更有趣。

爱上自己是一个艰难痛苦的过程，回想起来很有趣，很舒服，很好，是一种被忽略的高级情感。

小时候以为别人眼中的我就是我，所以我想成为别人眼中最好的样子。结果上当了，怎么努力也成不了所有人眼中最好的样子。我开始恨自己，恨不得把自己弄死，是懦弱救了我一命，没死成。再后来我用了很长很长的时间思考我究竟想要什么。

是成为自己本该成为的样子。

2016 年的时候，视力的骤然下降给我脆弱的心灵一记重锤。被辞退那天，我断断续续哭满了一整夜。眼病是不能改变的现实，仅仅一个看不清就差点让自己以为这辈子彻底废了。

我本来是个虫，废物一个，在地上慢慢蛄蛹。扣上个眼病的壳，就成了蜗牛，还掉地缝里了。地缝里的阳光很短暂，一天就一阵，要是始终蜷缩在壳里，连这一阵阳光也感受不到。

两条路，要么烂在壳里，要么爬上去。当时我爸都决定养我了，好在我没干，我要爬上去。

从地缝里往上爬的过程是缓慢的。我慢慢发现我离地表越来越近，越来越善于攀爬。低谷也不过如此，只是黑而已，适应了，没什么。

爬啊爬，我连自己有壳都忘了，速度越来越快，变成了兔子，变成了大雁，变成了现在的我自己。

我恍然发现，原来我可以这样。

所以现在的我在能力范围之内为所欲为。我喜欢山就去山里野营，喜欢骑行就走一遭 318 川藏线。喜欢喝酒，哦对了，我超喜欢喝酒，我准备隐居山里，盖个木屋，开个小酒厂。已经在筹备中了，可能慢一点，但迟早能实现，只因为我想干这事。

2020 年 9 月 10 日

目　录

第一章　果然有病

家人不知道我眼病已经到了这个程度，只是有时候会忽然惊讶地问："这你也看不清？"

我也很惊讶地问："这你也能看清？"

我不但看不清，还看不全。比如墙上一排五个字，乍一看四个，眼珠一转，哦，五个。

发病

我目前 30 出头，单身，男性，职业是杂货铺小老板。

2019 年去义乌进货的时候，视力再一次下降。我得了一种罕见的眼底黄斑病变，一旦恶化便不可逆。3 年前去医院检查的时候，医生说有可能彻底失明。

到上海下飞机的时候就明显感觉机场跟印象里的不一样了，到处一片模糊。本以为还能有几年奔头，所以急着在几年之内赚够基本的养老钱。可它就这么突然地坏了。我连社保都没有，以后怎么办呢？我有些措手不及。

我在义乌租了一套公寓。南方的冬季格外阴冷，感冒也跟着过来凑热闹。

我来过义乌很多次，但还是无法适应这里冬天的湿冷。对于像我这种很少感冒的人来说，感冒起来还真挺难受的，浑身酸疼无力，嗓子痛，咳嗽不止。

即使如此，我每天还是像游魂一样在国际商贸城里进进出出找货。只有找点事做，心里才不会那么慌。

可就目前的视力，工作起来太难了。市场里有些墙面是镜子，稍不注意就肆无忌惮地往上撞，疼都顾不得，心想这么大一块镜子撞碎了得赔多少钱，扎出血也犯不上啊！有时候还是不小心撞上，惹得周围人咯咯笑，我也咯咯笑。更糟糕的是，有时候看不清货，收库存就避免不了搞些残次品。

后来感冒加重，实在难受，一想到没必要这么玩命，我果断决定下楼回住处休整。楼梯很窄，螺旋向下。因为看不清，我下楼梯有点慢，两个老外在我身后跟着，小心翼翼地说了两句"你好"才引起我的注意。

我缓缓地回过头，先吸溜了下鼻涕，证明走得慢是因为感冒了，不是有意搞事情。

然后回他们一句：

"Hello！"

我们相对笑了笑，他们绕过我各奔东西。

回到住处首先钻进被窝给命充会儿电。陌生的城市，冷清的房间，咳嗽早就震碎了肺。感冒不是大问题，早晚会好，可眼睛怎么办？

我尝试各种各样的眼部按摩，近视眼镜一会儿戴上一会儿摘下来，但都无济于事。看来这次视力下降不是暂时性的。

"以后该怎么办？"

"现在又该怎么办？"

仰头闭目靠在床头，咳嗽、叹气，很久。

陷入困境的时候就怕寂寞，很多糟心事一拥而上。

突然想妈了。

"以后爸妈怎么办？他们要是生病了有钱吗？养这么多年了，

嗯？好意思吗？"

"暂时想不了这些，得先过了心里这道坎儿。"

所有的计划都被打乱了。一个一个问题地来解决吧，慢慢来。先治好感冒再说。

太多年不吃药了，有一种仪式感，我把胶囊里的小药粒都倒出来，然后摆成一个最凶猛的表情，觉得挺好玩，拍了照片但又不知道发给谁。看了一会儿，心里呼喊着：

"战士们，去战斗吧！打败那些病毒。"

然后用吸管猛地把它们吸进战场。

我平躺在床上，安静下来，深呼吸，轰隆隆的呼吸声把我引入战斗。感冒药的大军已经顺着血液流遍全身，在体内的每一个角落奋勇杀敌。我闭上眼睛一动不动地陷入这场战斗。病毒的数量太过庞大，药军以一抵百毫不怯懦。有的身负重伤却还在战斗，有的奄奄一息却还在挥舞刀剑。一阵剧咳让肺部的药军全军覆没，胳膊、胸部以及腹部的药军迅速赶往失地继续战斗。我用手揉了揉剧痛的胸口，助药军一臂之力。这一揉，碾死了大片病毒。想到了很多画面，有悲壮，有感动，它们个个都是英雄。

我就在这想象中睡着了。

一觉醒来已是晚上7点，感觉身体确实舒服了很多，我药军大胜。撒尿的时候，我甚至看到无数的病毒尸骨顺流而下。

走出卫生间再环视这模糊空寂的房间，我长嘘一口气，得让自己振作起来。

一天后，感冒好多了，视力似乎也恢复了一些。我站在窗前努力往远处看，测试视力的恢复程度，好像也没恢复。我必须接受视力下降的事实。

可如何接受？

不断给自己打强心针，一针又一针，扎得自己体无完肤。但我的世界依然模糊，在公交车站，不再像以往一样追着车看是几路，我微笑着问身边的姑娘：

"能帮我看下来的车是几路吗？我视力不好，谢谢。"

天气就像跟我过不去似的，总是阴沉沉的，还下起了小雨。我撑着伞走在天桥上，每一阵冷风都像是要把我赶回被窝。路过乞丐时，我跟平时一样无视。他没有双臂，头顶在湿漉漉的地面上跪着，在风雨里瑟瑟发抖。

下天桥时又一阵冷风把我吹了回去，我掏出兜里所有的硬币扔在乞丐头顶的塑料盆里，叮当作响。我们互不相看，我转身就走了。

比起他此刻的痛苦，我不过如此。不论他是不是有意在阴冷的雨天出来乞讨，这份敬业精神也值得给这几个零钱。

走进偌大的国际商贸城，仿佛瞬间被淹没。因为网店的冲击，线下实体店越来越不景气，我忍不住自问：

"还有必要继续走下去吗？"

我不想问自己这个问题，却一直忍不住。

向前走，一直都有路，但没有方向，无所事事。我只是不停地走，走到头就拐弯，面无表情，整整一天，右脚掌起了一个手指甲盖大小的水泡。晚上家人发来视频，如往常一样嬉笑闲谈，我该如何跟他们说这糟糕的一切？我必须喝点酒，用以麻醉这新伤的痛。

朋友刘大屁股听说我感冒了，请我泡了个挺贵的澡，那里面餐厅和各种娱乐设施一应俱全，很享受。泡完澡，用过餐后，我们在休息大厅一人躺在一个沙发球上休息。

"啊……舒服多了。"

我发自灵魂深处地呼出一口气，仿佛把压抑很久的气都喷了出来。

"去年跟你来过之后我就喜欢上泡澡了。"刘大屁股轻轻地笑着说，他就是这样淡淡的性格。

"以后泡不起喽。穷啦。"

"穷了一会儿再上楼多吃点。"他开玩笑地说。

套票包括自助餐，随便吃，各种山珍海味，非常好，我们刚才都吃到十二分饱才罢休。

"行。消化消化，咱俩再去整一顿。"我一脸认真地说。

这次因为刚吃完，所以他笑着瞥了我一眼。

"你瞅啥？你看我吃就行，你可别再胖了。以后别穿衬衫了，扣子挣开别把人眼睛给崩瞎了。"我抓了一把他的胸说，也挺软。

"去死。"他下意识地捂着胸说。

我们也不总是聊天，他看他的手机，我享受此刻的舒服。关于我的窘境他也不提，提了有什么用呢？舒服完，他就开车把我送了回去。

我不能在困境的泥潭里无谓地挣扎，想想自己还能干什么，什么都行，只要别胡思乱想。

最终我搞了一点散货准备去摆地摊。

夜市在我住处不远，我买了一辆蓝色的拉货小板车，在家人群里开玩笑说今天提了一辆车，配了一个龇牙表情。

他们知道我在胡说八道，没人回复。

我把货从三楼扛下来，累得满头大汗。我微微弯腰拉着四轮小板车走向夜市，实心小轱辘不停地撞击水泥地，发出巨响，周围的声音中数它嗓门大。我心想，你喊什么喊，再喊一脚给你踹哑喽！搞得大家好像都在看我。

我怎么就不能摆地摊了？不高级又怎么样？调整了一下心态，好像也没什么人看我。

找到位置，开始叫卖，进入状态后，心情也越来越舒畅，我的小摊人气很可以。这有什么难的？能干就饿不着。

第二天起床眼前一片狼藉，无所事事，不如收拾一下房间。果然，收拾完心情又好了一点。

第二天我就和旁边摊位的摊主成了朋友，相互照应，有说有笑。人流熙熙攘攘，我看不清所有人的表情，但我能感受到多数人在这一刻是幸福的，那个抱着毛绒玩具的女孩，和那个手捧臭豆腐的小伙，还有追着孙子的阿姨。这就是夜市的魅力吧，用很小的东西换一小段幸福感，此刻没有遥远的召唤。

摆摊儿让我感觉心情好了许多。

元旦那天，窗外有人放烟花，五彩缤纷，我突然想起了幕遥，我们又快一年没联系了。上一次联系也只是一句问候。

思虑再三，我给她发了一条信息。

我：希望在新的一年，你能遇到对的人，这便是我最大的期许。

过了一会儿，她回了过来：

你能对我释然便是我最大的期许。

没有比这更好的结果，这就是我们的结局了。

原定的义乌发展计划就这样放弃了，回东北老家后就快过年了。外地回来的朋友得喝酒，王大咧和冷不准现在过得都不错。王大咧结婚了，冷不准快要结婚了，我这辈子肯定是没戏了，我越来越坚定自己的单身主义。

他们得知我现在的视力情况都很难过。

唉！喝完酒啥都说，说完我还得安慰他们。

"反正又没瞎，我都不愁，你们愁啥？来，整一杯。"我嘿嘿地笑着端起酒杯。

"你还得去检查检查，不可能治不了，现在医学这么发达。我……真有点接受不了。没想到你现在眼睛这么严重。"王大咧愁眉苦脸地说。

"那以后咋办呢？"冷不准也愁眉苦脸的。

"以后咋办是以后的事儿，我现在已经习惯了，没你们想的那么糟糕，还不至于啥也干不了。想多了没用，抓紧挣钱是正事儿。挣钱都不是眼前的事儿，眼前喝酒就行了。"

我笑着又抓起酒杯往嘴里倒了一杯啤酒。

我的眼病说来话长，听我慢慢道来。

小时候在村里见到戴眼镜的人，我就觉得人家有文化，散发着知识的味道，不像我身边人的那股土汗味，很羡慕，似乎眼镜就是有文化的标配。可那年头一副眼镜换头猪，所以戴眼镜成了我的梦想。

初三我终于因为看不清黑板，梦想成真地戴上了第一副眼镜。

戴上眼镜后，又发现戴眼镜是一件有点麻烦的事，我又梦想着戴不戴眼镜都一样就好了。随着视力一点点下降，戴不戴眼镜果然都一样，都看不清，梦想又一次成真。

第一次在县医院没检查出任何毛病，我妈以为我磨人，不懂事。医院这么奢侈的地方哪能说来就来？我不服气，可检查单的数据摆在那儿，大夫也说得清清楚楚，我没病，没法犟。反正不算严重，我认了。

那时候家里条件不好，我也确实能磨人。青春期爆发时，思想就像核聚变，整天乱七八糟的想法不停地往出冒，我控制不住。

没多久，我又天天磨我妈去医院检查脑袋，疼得受不了，有时候动作都不敢幅度过大，不小心跳一下，几乎都能震晕过去。都这程度了，我妈还以为我磨人，被我磨得受不了才又去了医院。到了医院，头上贴了几根电线，机器一开嗷嗷地叫，把我和我妈吓一跳，以为要爆炸。

我也不怕震动了，紧忙从床上往下跳，但被大夫一把按倒，估计他怕我把脑袋上的电线挣断了。大夫说机器声音越大说明病情越严重，我的脑痉挛相当严重。我妈让大夫说心疼了，伤心地摸摸我的脑袋。

医生最后的结论是我想得太多，思想太复杂。

在医院领了药，一瓶40元，开两瓶。我妈心疼地瞥了我一眼说：

"小孩不大，想那么多没用的干啥？"

我承认我从小就是一个思想复杂的人，想得多，后来的抑郁当然跟这个脱不了干系。

几年后，我陪大爷去市里医院住院，顺便又查了查眼睛。结果还是啥毛病都没查出来，跟近视一点儿关系都没有。不过市里的大夫建议我去大城市看看，说这里设备有限。

这病不催人，不是突然出问题的，视力一点点地下降，几乎每天都一样。那时候我的烦恼那么多，死的心都有，一点点看不清算个屁。之后的几年，我得了抑郁症，跟看清相比，活着显然更重要。

我以为眼病就会这么平稳下去，但在一次长期熬夜写作的过程中突然严重起来。好几次开车都差点出意外。有一次，开着开着，眼前突然出现一辆摩托车，我心头一震，吓得不敢再拿别人的生命去冒险。从那以后，我几乎不再碰方向盘。

家人以为我是真的不喜欢开车，他们不知道我眼病已经到了这个程度。只是有时候会忽然惊讶地问："这你也看不清？"

我也很惊讶地问："这你也能看清？"

我不但看不清，还看不全眼前的事物，比如墙上一排五个字，乍一看四个，眼珠一转，哦，五个。

时间久了，我爸以为我不会开车。有一次，我爸开车带我回乡下老家。

"你开呀？"我爸说。

"不开。"

"咋的呢？开车得练，你不练啥时候能开好啊？"

"不练，我笨，怕要你们命。"

"你开吧，练练。你现在眼睛啥样啊？对面来车能不能看清啊？"

"那能，就是模糊。"

我开了，其实我挺喜欢开车的。

"这不也行吗？我一直以为你不会开呢。"我爸拿出驾校教练的架势说。

"你们就是心理上对我没有安全感，当年送货不也天天开吗？"

不料话音未落，"哐当"一声，车子掠过一个小坑，震得我俩都吓一跳。

我把车停在路边。

"你没看着？"我爸问我。

"嗯，真没看着。你开吧，以后跟这玩意儿告别了。"

"没事，你慢点呢？"

"眼睛坏了，你倒信着我了，不开！"我气愤地开门下车，气自己连小坑都看不到。

"不开，那驾驶证不白考了吗？"

我爸又问。

"哎妈呀！你还惦记证呢？我要命！"

无期徒刑

在眼病给生活造成一定不便后，我又去了省城最权威的眼科医院做了检查。终于查出来了，果然有病，我清白了，一直都没撒谎，同时也绝望了。

医生也没见过这种病症，据说是一种罕见的先天性眼底黄斑病变。没有治疗办法，只会逐渐恶化，会不会导致失明不好说。

我蒙了，站在原地愣了一会儿。

"那你不给我开点药啥的吗？手术也不行？"

"吃药不起作用，手术也不行。"老专家摇着头说。

"那就这么完了？"

"那我给你开两瓶眼药水吧。但是眼药水不起治疗作用，只能缓解。"

我像是被判了无期徒刑，坐在大厅的椅子上等待散瞳药性消失，脑袋里只有"认命"和"不认命"两种争执。

我想爆炸却没有力气。

旁边一个男人的号哭和女人的安慰引起了我的注意。我们几乎同步做了所有检查，他是突然失明，错过了最佳治疗时间，在我之后也被判了绝症。

真正绝望的哭声谁听了都难受，他的痛苦淹没了我的愤怒。我试图安慰自己没他那么惨，但一想到迟早要面对这种绝望，强忍的眼泪终于掉了下来，一发不可收拾。我不停地擦眼泪，不停地擦，手忙脚乱，不想被别人看到。可眼泪终究止不住，就像星空变黑的速度，止不住了。

大姐不服这个结果，非要带我再去检查一次，我不想被大夫再一次判刑，不愿去。最后大姐拿着我的检查结果亲自去了医院才服气。

我能用什么方式来接受这个结果？喝酒呗！

晚上一个人的时候，喝着喝着，我就哭了。我努力让自己看清别人能看清的，可就是无能为力。

我醉了，坐在自己店里二楼的墙角，一手拿着酒瓶，一手拿着眼药水往流着泪的眼睛里狂挤。但眼药水全被眼泪冲了出来，我把眼药水奋力扔了出去，随便往哪儿砸。我得用双手拦住泪水，就把酒瓶也撇了，然后身体像泪水一样顺着墙角往下溜，躺在地上用手臂盖住眼睛浑身颤抖，我想喊，却发不出声音。

那几天晚上我枯萎得就像要死了一样。我跟大姐决定合伙把检查结果隐瞒下来，怕爸妈受不了这个结果，所以白天还要强撑着打起精神。

大姐是医科大学的老师，四处咨询也听不到一点希望。背地里她肯定也没少流泪，从她说命运对我不公就知道。

我一直努力假装这件事没发生，因为每天都一样，看不到变化。直到2016年，有一天我忽然意识到我已经在用一号字体打字。再次意识到问题的严重性，我抱着最后一线希望一个人去北京再做个全面检查，期待医生说点不一样的。

医院很大，有点像市场的感觉。测视力的时候排着一条很长的队伍，我觉得没必要浪费时间。

"我两只眼睛都只能看清第一排。"我用挡板反复调换，确保我说得千真万确。

"下一个。"女大夫冷漠地在纸上写下结果说。

检查结果跟上次一样，我永远都希望那个专家能对我别那么冷漠，因为那是我最后的一线希望。我知道我的后面还有很多人排着队，我知道她的工作非常繁重疲劳。所以我也只是希望而已，别那么冷漠，这是我千里迢迢赶来的最后一线希望。

"真的一点办法都没有吗？"我无奈地问。

"我已经说得很清楚，只会逐渐恶化，不排除致盲的可能性。回去多注意保养吧。来！下一个，把单子给我。"

刚滴完散瞳，什么也看不清，但我能感受到她不好意思用手把我拨开，绕过我接过下一个患者的单子。她素质很好，其实人挺不错。

"哦。"我极其不舍地让开位置。大脑很迟钝，挑不出任何恰当情绪应对此情此景。

那是一种即便做好了心理准备也不想承受的失落。我默默地往后退，下一个病人紧接着顶上。我只是让开了，不想走，几分钟就把我搞定啦？可不走又不知道问什么。以为她还会跟我说点什么，大老远来的就为了这一句话吗？

"谢谢你,大夫,那我……就走了呗。"

她没有回答,继续忙碌,可能是没听到。我确定了我无关紧要之后就小心翼翼地拎起地上的双肩包,试探着推开排队的人,我怕踩到他们的脚。

我站在医院的门口抽烟,等待视力逐渐恢复,一想到以后很有可能就和现在一样什么都看不清,甚至更糟,心脏仿佛变成一块铁,沉得走不动路,也不知道该去哪儿,想去哪儿。

一个中年人和我一样面色沉痛地抽烟。他不停地叹气,我看不到他的表情,但我能感受到他很痛苦。痛苦去吧,与我何干?

"小伙子,你眼睛咋了?"他问我。

"刚滴完散瞳药。"我没看他,懒懒地回答。

"哦。我昨天也滴了,得几个小时才能恢复。"

"嗯。"

"啥病啊?"

"黄斑。"

"严重吗?"

"现在还行,影响不算大。"

"哦,那你这得多少钱啊?"

"两百多块钱。"

"啥?两百多块钱?那挺好,我这得好几万。这破地方,赶上抢钱啦!"

"听口音老乡啊!你咋了?"

"左眼晶体萎缩。唉……"

"就一只呗。"

"一只就够呛啊！你这咋这么两个钱呢？"

"药都不给我开，想花钱花不出去。哼哼。"

和他聊天时，我一直在无力地笑着，主要是嘲笑。

"啥意思啊？"

"治不了呗。"

我等不了几个小时，只想尽快逃离这儿，去五环以外的朋友那儿喝酒。我执意没让他来接我，一路打听摸到了地铁站。

那晚，我们俩都喝得烂醉，我没说我的眼病，说了他也帮不上忙。倒是他哭个稀碎，因为在北京混太难了，压力太大了。

眼睛有病，我不说一般人也看不出来。只是路上见人不打招呼了，总发生尴尬。很多顾客在路上遇到我主动跟我打招呼我也不知道是谁，就笑，笑出一副很熟的样子。

眼病是我的生理缺陷，它给我的生活造成很多障碍，不过远没有抑郁症对我的生活打击大。

小时候，我的心理问题还不算严重，充其量是思想复杂，被老师封个"歪理邪说"的诨号，青春期时被大夫评为"想太多"的孩子。但我始终觉得自己与众不同，梦想不俗。非清华不上，成为超有钱的人，当巨大的官，顶级艺术家，有完美的老婆，等等。

但这些梦想一个都没实现，而且还因为左冲右撞的折腾，越来越焦虑、迷茫，以至于最后得了抑郁症。

第二章　我的失败史

酒吧老板死死地盯着我，问：

"你想聊聊吗？可能说出来会好受一点儿。"

我说我可能抑郁了。

"什么是抑郁？"

"就是每天都在想怎么死。"

"死过吗？"

他一如既往地盯着我，一如既往地冷静，仿佛对一切都无所谓。

漫长的白日梦

我生在东北农村，是个乡政府所在地的大村子。我有三个姐，据说生我三姐的时候我爸一看又是个丫头，一头扎在炕上郁闷了。生我的时候压力太大，我爸扎在我大姑家炕上熬时间，一听是个男孩，跳起来就往家跑。

我爸是个瘸子，小时候因为一针没扎正，两条腿粗细就不一样了。但我出生那次，他跑出了短跑冠军的速度，我大姑在后面都追不上。

倒是我妈长得好看又能干，为什么嫁给我爸呢？因为她结婚前病了，我姥姥怕她嫁不出去。他们的结合草率到上床前都没扯过手，现在看简直是胡扯。更荒唐的是他们是在我们都成年之后才开始恋爱的，糙人腻歪起来儿女都接不住，麻！

童年记忆里的爸妈就知道干活儿，我妈很少笑，我爸脾气大，我能磨人。天天要冰棍，卖冰棍的总在我们家门口喊。有一天，天儿挺热的，卖冰棍的声音特能引起我的注意。我跑到我妈旁边，她正端着米盆走进门口，一看到我，缓缓地顺着墙蹲在地上，眉头紧皱。

"呃，妈死了。"她通知完我就把眼睛闭上"咽气"了。

我知道她没死，就拼命号。

"你快点起来，卖冰棍的快过去啦！"我拼命摇晃她的身体。

她憋了一大口气，好几十秒一动不动，我以为是真死了。卖冰棍的声音远了，她才把气喷出来，端起地上的米盆做饭去了。我一看是假的，卖冰棍的也没了，跟在她屁股后面号啕大哭。

"你可别号啦！你真快把妈磨死了。"她一边刷锅一边说，动作麻利连贯。

我不听，就是号，习惯了。以往是怎么停的我忘了，这次让她给揍了。我很少挨打，所以打两下印象特别深，从那儿以后我再也不敢要冰棍了。

童年的记忆很美好。冬天玩冰鞋，小伙伴们的冰鞋都是一块木板下面钉两条铁丝，滑不了多远。而我爸亲手给我焊了一双铁的冰刀，按照我鞋底的大小把铁板剪成一个鞋垫的形状，下面立着一条三四厘米长的铁条，每次比赛轻松拿第一。

在那个教室都漏雨的破学校里，一张破乒乓球桌招来很多人玩，我们小孩要等到老师玩够了再一一排队，那也总是排不上。有一天，我放学回家，看到院子里清出一块空地，中间摆着一个用铁板拼起来的乒乓球桌。自然也是我爸爸的手艺。虽然球总不按正常路径走，可是在这里排队我说了算。

作为家里唯一的儿子，我后来考上了重点高中。爸妈高兴坏了，精神头跟平时都不一样，带劲儿！几天之后，我看他们一直也不提不念的，还是我说吧。

"妈。"

我抱着肩膀一副讨账的架势跟在我妈屁股后，她正在擦地。

"嗯？啥事，大儿？"

她这几天乐得有点不像她了，一点儿也不严肃，整个脸就像个在笑的向日葵。她立马直起腰回头看着我。

"啥时候给我钱哪？"

"啥钱哪？不是没开学呢吗？你要买啥呀？"

"你们答应过我，考上了给我两千块钱，我去大连看海。"

"哦……妈都忘了。"她说完立马收起笑容转过身继续擦地。

明摆着想赖账。

"啥意思啊？"

"大儿啊，那有啥意思啊？去干啥，再说现在挣钱多难哪。你看你爸一天累的，这次你考上了，你知道给俺俩都乐成啥样了，就是再累，俺俩也得给你供出去。你说这要是考不上，以后……"

"你就说你给不给！"

"大儿啊！咱家现在哪有那闲钱哪。你爸一天累死累活也就挣一百块钱呗。那多累啊！吭吭的。"

我"吭当"一脚把门踢开，走了。

"臭犊的，你把门给我踢两半喽！"

这门下面已经贴了两块板子，是以前我二姐踢炸的。二姐是个狠人，她上学的时候我妈不让她看电视，她一脚就把木门下面的板子踢掉了，好好的门下面只好贴两块板子。那时候她的同学都叫她"华姐"。

我妈赖账把我气得也没招儿，不知不觉就去小超市找二姐。

她在家前面的门房开了一个小超市。她爱笑，学生都爱去那儿买东西。已经是成年人了，跟我们家斜对门的小学生争论谁嗑瓜子快，争不明白就各数出一百粒比一场。那真是拼了，袖子一撸，马步一扎，她以领先二十多粒完胜对手。

在一次去城里进货的回程途中，她拎着两大包玩具和文具挤上汽车，车里人很多，她坐在车前面的机器盖上，跟一辆满载的货车迎头相撞。她是车上伤势较重的一个，浑身是血。

她在一片哭喊声中坐在地上冷静地指挥别人抢救她的货，被抬上担架时都喊着大夫带上她的货。直到几个小时后我爸妈到了她才哭。然后就在医院住了两个来月，脖子和腿都留下终身后遗症。本来22岁在农村还没出嫁我爸妈就挺着急的，这一下更愁了。

二姐有点像哥哥。小时候，她整天张牙舞爪像只老鹰，我和三姐就是小鸡，大姐是老母鸡，很明显我们仨是同类，二姐也占不到什么便宜。

后来老母鸡上高中离开农村了，我跟三姐轻易不敢惹她，我小学还没毕业，翅膀不硬。可老鹰就是老鹰，她抓小鸡得看她心情。

我活到现在唯一挨过的一次毒打就来自我二姐，那是我一生都抹不掉的黑历史。

那年刚出新版人民币，大家都没见过，我爸带回一张一百的，我用攒下的几十块零花钱换来了，如获珍宝塞到大姐给我的储钱罐里。消息被二姐得知，她非要高价换，我不干。直到现在我还清楚地记得她把我骑在身下抓着我头发往炕上磕的恐怖画面，没有人在，只有我们俩，她得手了。

但我还是喜欢去她那儿，不只是因为那儿有零食，还有二姐这人能散气，一惊一乍的好像没什么烦恼，瘸了好几个月也憋不住她笑。

我苦着脸走进商店，二姐正四仰八叉地坐在老供销式的柜台里，看我来了，"砰"的一下就站起来冲我笑，像是等我很久了。

"咋了，我的弟儿？这小脸抽抽的。"

"没事。"我叹了口气说，然后背对着她靠在柜台上继续生气。

"姐给你个好东西。嘿嘿！火腿肠，快过期了，刚发现的，给！"

我还是没禁住诱惑，下意识地回头看了看到底是啥肠。

"你吃吧，你得补腿儿。"

"姐不吃，给你。姐发现后就给你留起来了。"

"你快吃吧。"我边说边靠近她。我们在柜台的两边，肠在我俩中间。

"那你给姐掰点。"

"行。"

我按一人一半分的，量好准备在中间拧折。

"哎哎哎！太多了，姐要一点就行。"

那时候家里就这条件，爸妈纯靠出苦力养活四个孩子，还供着大姐读大学，所以我知道看不成海。之后的暑期就跟我爸去河套拉沙子，一车能赚50元钱。如果车子不坏，一天最多能拉两车，土路非常难走，赶上下雨就更糟糕了。

我爸最常说的就是"你歇会儿，别累坏了"。那段时间他累了，只要看看我就又有劲了。

有一次,回程路上下起了大雨,那辆小破货车在雨中蹒跚前行。终于爬到了砂石路,速度刚提起来,只听"咣当"一声,车子骤然停下。我屁股下的车轱辘竟然跑到我们前面去了,像喝醉了一样栽倒在河沟里。我爸坚决不让我下车,默默地给自己鼓了鼓气然后冲进大雨中。回来的时候他浑身早已经湿透了,打开车门抹了抹脸上的雨水,看着我露出一口大黄牙笑着说:

"轱辘还能跑掉喽!"

农村的孩子考上重点高中不容易。开学第一节课就被我们班主任灌下一碗超级鸡汤,我们的目标是清华,我们行!

英语是通往清华最大的坎儿,起早贪黑地背单词,写了一本又一本,后来就变成了机械写,脑子里浮想联翩,成绩自然搞不上去。爸妈也经常苦口婆心地提醒我,他们供我上学不容易,一定要好好学习。

但我累了。我越来越觉得学校的环境糟糕,不适合静心学习,到处都是不求上进、不务正业的杂人,每天教室里都是嗡嗡嗡的声音,心情异常烦躁。

我还被老师调到了后排学渣区,经常看不清黑板。那时候的我还一直以为只是近视,戴副眼镜也不起什么作用。我越来越消极,所有的事都往负面想,成绩直线下滑。

我开始在本上画笼子,我是鸟,越来越渴望逃离。我背着老师去找校长提出休学一年,我想专门自学英语,校长给我讲了很多大道理后拒绝了我的请求。这事惹得我们班主任背着我把我爸妈找到学校,三人苦口相劝,但我做出的决定是彻底退学。

我的成绩还可以，想辍学没那么容易，其实班主任对我非常负责，三番五次地找我私聊，做我的思想工作。可他们说的一切，正是压垮我的一切。

离开学校的前一周，吃的全部东西加起来不足一天的进食量，晚上梦游吓得室友人心惶惶，嘴上也起了一圈大水泡，天天冒黄水。我的世界昏天暗地，没有一点儿快乐。

月假到了，我决定步行50公里回家，以表我退学的决心。走了6个小时，累得差点栽进右边沟里，还剩十几公里时家人乘出租车把我接了回去。

这次举动争取来一个月假期。

班主任跟家里合谋，想让我通过吃苦，意识到还是得回学校。我爸特意把门房拆了重盖。家里氛围超差，我爸起早贪黑哭丧着个脸骂我，让我干活儿，以前他什么活儿都舍不得让我干。

我累得一气之下剃了个光头。村里的理发师再三问我想好了吗，我意已决，太累了。剃完头看自己的影子就像个灯泡，又轻松又好笑。那段时间心情很好，有一种逃脱的感觉。

我宁愿身体在地狱也不要灵魂在地狱。假期很快就到了，我妈精心收拾好我的行装，没想到第二天我跑了，这是我第一次正经八百地离家出走。后来听说我妈在家就是一直哭，有时候带着我姐一起哭。

我大姐特意从大学请假赶回来，坐了一夜的火车，一直哭，对面的老头以为是什么绝望的事，不停地安慰她，结果是这事儿。

我终于退学成功。

但我没那么容易放弃，我要自学考清华。可没想到原以为清净的家更没有学习的动力和氛围，我在松散的环境里越来越懒散。

千方百计强迫自己学进去，计计都白扯，方方不管用。不给自己点儿颜色看看是不行了。

天气炎热，心情烦躁。偷偷倒了满满一碗白酒，做了几次深呼吸，一口闷了，中途强忍着没喷出来，硬咽。当时腿就软了，第一次眩晕，靠在墙上，眼睛直勾勾地到处看。

趁迷糊得赶紧把正事办了，我迅速点着烟，憋一口气在手臂上捅个烟花。第一下只有一点疼，火星碰到肉就撤退了。看了看似乎没烫咋样，憋口气再来一下，还是只破了一点儿皮。这不白喝多了吗？烟花都烫不成还想考清华？做梦！

烟花没有起到提醒我集中注意力努力学习的作用。就在我被胡思乱想快要折磨崩溃的一个冬天晚上，我又想起酒，又倒了一碗。酒在窗台是冰凉的，喝了两口相当难以下咽，第三口差点吐了。酒不但没有让心情好转反而变得更加烦躁。

"太难喝了！"

我晕晕乎乎走到炉子旁，烦躁地想把剩下的半碗凉酒倒在炉子里烧了，看看它有多好烧。一个巨大的火球顿时就朝我冲了过来。我感到面部剧痛，照镜子一看，眉毛和睫毛没有了，前面的头发也焦煳一片，鼻尖和嘴唇有一小块掉了皮，面红耳赤，太丑了。青春期那么在意外在形象，差点把我气死。

我们家人见我就笑，足足笑了三天。

自学成才的路终于走死了。我整天把自己平放在小屋的炕上，一边沮丧、绝望，一边幻想成功后的样子。总之，要被众人羡慕。

泡在幻想的世界里后，现实生活越来越没有意义。想解脱，内心向往荒芜和纯净。不久后，看到了西藏的宣传片，我就又有了一点儿向往，像在大海里捞到了一根稻草。

西藏，西藏

那年去西藏的直达火车还没有开通，西藏遥不可及，全村人都没去过。我越想着，就越想去。去西藏野一下，在那儿干一番大事业。扪心自问这么干有没有魄力？有没有种？

有！

家人肯定不同意，我几斤几两他们最清楚，但我觉得自己一定行。在我眼里，他们都是失败的农村人，失败的人能给出什么好建议？这事儿离家出走也得干，待我凯旋再报养育之恩。

我开始偷偷卖废品，在家里的每一个角落到处找废铁和空瓶子。我爸会修农用车，废铁多。卖铁很上瘾，收破烂的都认识我。

有一天，我爸在后院房上的废铁堆里越翻越愤怒，就把我喊了过去。

"这么长、这么粗的铁棒，上面有这么大一块铁片是不是也让你给卖啦？"我爸用那双沾满油的黑手边比画边说。

"嗯……好像是。"我胆战心惊地说。

"那还有用呢！"

"我……我看长得像废铁就给卖了，实心的，还挺沉呢。"

"我看你像个废物呢，咋不把你也卖了呢？"他语气狠毒。乒乒乓乓地试图在我没敢轻举妄动的铁堆里找出一块相似的。

"你卖这些铁干啥呀？"他语气稍有平缓。他知道我心情一直不好，轻易不惹我。

"我不说了嘛，我要去西藏。"

"西藏？你咋不去西天呢？快20岁了，一点儿事不懂。"

"那我干啥？"我理直气壮地问。

他不说话，生着闷气，我就走了，去磨我妈。

"你干啥去呀？大儿啊。你听妈跟你愁的，嗓子都哑了。这可咋整？你还让不让妈活了？你要真走了，妈真活不了了。"

我妈坐在炕上，靠着墙，看起来筋疲力尽。她这两天快让我磨崩溃了，因为我是真的要出发了，路费攒够了。从小到大我妈就是这一套，跟我愁死千百回，我还能信吗？

"妈。"我的声音比她还愁闷。我坐在另一边的炕沿上，上身堆成一坨屎状。

"嗯？"

"你还想让我活着吗？"

"你说啥？"

我的声音太低了，她有点没听清，但是懂我的意思，这话我常说，一说她就蔫儿。

"这是我唯一的出路了。我不是去找死，去是为了好好活。"

"你去跟你爸说，你爸同意我就同意。"

我爸平时话不多，但是全家都怕他，最起码我是没有勇气磨我爸。我妈平时狠话多，但是全家没人怕，我是经常磨我妈。

我还没想出对策，我爸回来了，不知道干什么活儿累得直接奔炕来了。他来了，我就站起来了，准备跑。

"你大儿要去西藏，你同不同意啊？"我妈说。

我妈说完，把我吓得恨不得马上消失。

"死不死没人管，起来。我躺会儿。"我爸愁眉苦脸地扒拉我妈腿一下。

"你上那边去。你这大儿我是管不了了。都快把我磨死了。"

我小心翼翼地把沙发上的坐垫放在我爸头顶上，这便是我对他少有的亲近。

"上这儿溜须来了。你咋不磨你爸呢？"我妈鄙视地瞥了我一眼说。

我爸知道我什么意思，我这举动他也受不了，瞬间尬住了，头抬起来但是没动坐垫。我连忙给塞进去了。

"爸，你们别上火。我又不是去玩的，我知道挣钱不容易，我也不管你们要钱。"

"卖铁攒够啦？"我爸没好气地说。

"嗯哪。"我很不理直气壮地说。

我爸大叹一口气，笑了。

随后我和我妈都笑了。

出发时，我整个人就像活了一样。爸妈则蔫了很多，一点儿硬气都没有，没完没了地跟在我屁股后嘱咐我万事小心，没事别打电话。听说长途电话费太贵，她让我带走了家里唯一一部手机。

我相当骄傲了，在我们村还没人去过西藏。直到上车的那一刻，在村口看着送行的家人越来越远，我忽然难受了。为了自由，委屈他们了。

出发时路过省城，我去了大姐学校。她正在用自己当家教的钱供自己读研。她见到我很开心，也知道我的心情一直不好，就处处小心，生怕惹我不开心。

我跟着她在夜市吃了很多种小吃，都是我没吃过的，撑得走路都慢了，不经意间把那股绝望劲儿都撑没了。我们讨论着爸妈可能爱吃哪个，二姐、三姐可能爱吃哪个。大姐开心地说："这也是姐第一次吃这些东西，五年了，每次路过把姐都馋完了，有时候都绕着走。今天终于尝着了，真好吃。等你从西藏回来，姐还请你吃。"

我忽然意识到，五年啊，她只是每样尝了一点点，就说不饿。二姐有次来看大姐，她把二姐带到食堂素菜区，说随便点。二姐想吃韭菜炒鸡蛋，大姐觉得蒜苗和韭菜差不多，蒜苗便宜，最后吃的蒜苗。想让二姐吃上水果，就买一堆散了的葡萄粒，还一顿讲价。

我忽然沉默了。

我们在校园里逛到很晚，她跟我说了很多爸妈不容易的话，劝我去散散心，不要太固执。临别前硬是塞给我 666 块钱，祈求我能平安顺利就好。

"你去看看姐不反对，我知道你心情一直都不好，去散散心行，但你必须答应姐照顾好自己。"

"放心吧，我又不是小孩。"

然后我就出发了。第一次独立坐火车就是三天两夜的大长途，新鲜感很快就被枯燥完全取代。陌生的环境让我感到恐惧，高度紧张，时刻防备着，还时时刻刻都在忏悔叛逆对家人造成的伤害。

对铺的大姐倒是很热情，不停地夸我长得好看。当她得知我要一个人去西藏的时候更是赞不绝口，跟她一起的是他25岁的弟弟，很听她的话。

"你看看人家，你再看看你，啥也不是。"她扒了个橘子递给她弟，骂着，骂完又笑着递给我一个橘子说："来，吃一个。我就羡慕你这样的人，我弟要是能有你一半魄力就好了。"

后来，我跟上铺的她弟换了铺位。

原来大姐图的就是这个！

在西安转车的时候，我住10元一位的旅社。老板深更半夜不睡觉点蚊香，让我想起电视里迷晕顾客后摘心摘肾的故事，所以一夜没敢睡，时不时检查自己是不是清醒的。我把钱和手机藏在枕头下的褥子下面。

之后我就再也没舍得买过卧铺。宝鸡到西宁路上连硬座都没有，是张站票，好在只有10个小时。我蹲在火车车厢的门口，抱着包睡，醒后认识一位回族的朋友。他比我大1岁，开朗爱笑，完全看不出恐惧。

我和他挤在狭小的空间里成了患难朋友，一直聊天。下车时已经是晚上，他请我住了白床单的宾馆，还非要请我吃正宗的手抓羊肉，我带的食物他却一口不吃。他的成熟让我的疑心又来了，这么大方到底图我点什么呢？

又是一夜没敢睡。

第二天，他把我送上开往格尔木的火车，我才相信他是个好人。

朋友，再见！

西宁到格尔木这一路，海拔升高，晚上温度骤降，刻骨铭心地冷。我没有一件厚衣服，膝盖越来越痛，最后用塑料袋包着卫生纸缠在膝盖上才不那么痛了，颤抖了整整一夜。

格尔木到拉萨的24小时长途汽车里，因为买票被骗，最高的价格买到最差的铺位。

我和两个人挤在一起，我在中间，旁边是两个凶神恶煞的汉子，他们把我挤过来挤过去，好像我敢反抗他们就敢整死我似的。

那24小时车程经历四季气候，风景是前所未见的壮丽，我却宛如熬过了漫长的一年。前排的女孩一边喝葡萄糖一边吸氧，还是因为在下车撒尿的时候晕了过去，被安排在前排躺着。我多想也能晕过去，就不用夹在中间挨欺负。

辗转了半个月，我终于到了梦寐以求的拉萨，天空比想象的还清澈，空气里弥漫着一股藏地特有的气息。而其余的一切都和想象的不一样，我完全不知道自己该去哪儿，该干吗，精神始终处于高度紧张的防备状态。

早晨到了拉萨，我把行李放在旅馆就直奔布达拉宫去了，绕来绕去忘了回旅店的路，也忘了旅馆在哪条路、叫什么。再加上轻微的高原反应，我有点不知所措。中午在话吧打电话给家里报平安，顺便说了下自己迷路了，但问题不大。

话吧老板的女儿非常热心，她兼有藏族和汉族的血统，决定帮我找到旅馆。从12点转到下午4点，没有一点头绪，因为我什么都不记得了。

我们站在拉萨的街头不知去向。

"报警吧。"

"不行。包不要了，我也不报警。"我站在大街上四处张望，非常迷茫，越来越着急。

"这里的警察很好的。"她笑着安慰说。

我执意反对，她还是报警了。我是坐着警车逛遍拉萨的大街小巷的。警察换了三班，第一班下班换了两个，第二班逛到无奈又换了所长。警察的好态度让我非但不着急，心里还有一点儿小兴奋，但又不好意思表现出来，我得装得很愁。这么多天来，就那个时候感到特别安全，特别温暖。

晚上10点，我终于找到那家旅馆。

话吧老板的女儿比我大5岁，能看出我穷得叮当响，所以只要我请她吃了一碗面。我们都很饿，吃面的时候她心情特别好。

"我就说我们这儿的警察好吧，多有耐心！最后那个所长都联系电视台了，你今天晚上要是找不到，明天就出名啦！"她开心地笑着，看我闷头吃。

"啊？真的啊？天哪！你们说话我也听不懂，好在找到了。"我惊讶地抬起头说。

"我们真的太有缘分了，你就像我的小弟弟。"

"嗯。"我继续闷头吃，憨笑着点头。

"慢点吃，不够的话再要一碗吧。"

"不用不用，够。"

"哦对了，你打算什么时候走？"

"明天，或者后天。"

"不是刚到吗？怎么也不好好玩一玩，急什么？刚好我这几天休息，我可以带你转一转，有些地方我能带你溜进去，不用买门票。"

"我……我不想玩了，我想回家。"

"为什么？"

"不为什么，感觉没什么好玩的。"

我害怕说出自己是因为害怕，装出一副无所谓的样子。我感觉我很有可能会死在这儿，只想快点逃离这里。原本一心想死，现在却一心怕死在这儿。我才 18 岁，死了，白瞎了。

万万没想到这一次失败得这么轻松干脆，这不成笑话了吗？好在我发现了这儿的玉石、玛瑙跟家里的差价巨大，迅速给家里打电话。

"妈，借我 1000 块钱呗。"

"行，妈让你爸马上给你打。你快回来吧，大儿啊，妈天天都老担心了。没钱了就跟妈说，千万别干犯法的事儿。"

电话里，我妈的声音很焦急。带点货回去多少能挽回一点面子，证明我不是被吓回来的。之前的豪言壮语说得太绝了，后悔死了。

第三天，我就不顾一切地往回撤。

回家后再一次消化失败和半途而废的悲观情绪。每天除了上网就躺在小屋的炕上，多数时间泡在充满诱惑的白日梦里，不想回归现实。因为现实枯燥无趣，还累。

天生废物

实在找不到一夜暴富的办法后，我把一切希望寄托在一注彩票上。中奖后的生活都已经安排好了，家人都有份。每人分多少钱，都计划得清清楚楚。

开奖的时候我非常紧张，第一个号码没对上，我瞬间泄气了。第二个号码让我与二等奖也无缘，我失望地躺在炕上。最后连5块钱都没有，我绝望了，把浑身仅存的余力都集中在手上，恨不得把彩票捏得粉身碎骨。

早晨总会沉浸在春梦里不想醒，醒了也要硬想个下半集。铁皮门被我妈砸起来是真响啊，烦透了，把我的春梦都砸碎了。

我知道今天要下地播种，我妈在三轮咆哮后终于把我的门砸开了。我们怒目相对，愁眉苦脸。

"养你这么个废物，哪有你这样的小孩你说？晚上不睡觉，早晨不起来。等你爸急眼了我看你咋整？"我妈在灶台前撅个屁股一边刷锅一边骂。

我只是困倦和厌烦，啥都不想说，洗脸时用摔摔打打的乒乓声回应她。

"赶紧塞饭！都等你呢。瞅你这样啊，真想一下整死你。"

播种和施肥都用拖拉机，我的工作是往车里添种子和化肥，很简单。添完了，我就可以在地头的草地上睡觉。穿得多，阳光也很暖和，能睡着。头几次车回来是被我妈踢醒的，我半开着眼像个无骨人一样干活，干完继续睡。再醒来的时候就直接回家了，看着我妈冷漠的表情，我很惭愧。怎么一下子就中午了？

很明显，我不适合干农活儿。我姐她们叫我乡村大少爷，小姐身子丫鬟命。确实如此，我一干农活儿就头晕恶心甚至呕吐。为了证明我不适合干农活儿，有一天栽树我真当场给他们吐出来了，把我爸妈气得咬牙切齿直发抖。

二姐和二姐夫一看干活儿能干吐，笑得前仰后合，让我妈一土球打憋住了。

"哎呀，妈，你别真打着我媳妇。别笑了媳妇，别笑了，你看给咱妈气的。"二姐夫紧忙跑到我妈和二姐中间，担心我妈再来一发。

"笑死我了。我跟你说，这事儿可千万不能传出去，让别人知道都找不着媳妇。"二姐坐在地垄上笑得直抹胸。

"还娶媳妇呢？娶个六吧。谁要是嫁给他算倒了血霉了。废物！"我妈怒气未平，说完长嘘一口气。

爸妈最清楚我不想当农民，因此建议我往蓝领工作方面发展，理发呀，修车呀，挖掘机呀，等等。我不干，我要当老板。

我家有两间门房，一间二姐开超市，我准备用另一间开个练歌房，起码开练歌房自己能玩，二手设备还不贵，我都联系好了。

事实上，每天基本都是我和我的一帮朋友在里面纵情宣泄，一手啤酒瓶，一手麦克风，伸长脖子使劲号，把满腹的不满和抱怨统统喊出去。

练歌房自然没能坚持下去，又改成服装店。进的货多数是自己能穿的，万一卖不出去自己还能穿，留了一手。后来服装店也不干了。我妈问我：

"这得穿到哪年去？"

两个店都只够我在农村的生活费。我对生活依然悲观，觉得在农村没有作为，没有出路。第二年我就去了省城打工，找了一个销售的工作，但是只干了一个月就不干。在家我说了算，在这里经理说了算，我受不了。但我依然渴望赚大钱，有一天突然冒出一个让我兴奋了一宿没睡着的想法。我们家的瓜子炒得好，在我家商店卖得很好。我想做批发，家人觉得我不行，二批也不给我卖。我就想出一个装成小包装的办法，既提高了商店和二批的利润又让他们减少很多麻烦。

我带着一大盆装好的小包装瓜子直接送到几十个村的商店，给他们讲解优势，让他们直接管二批要货。

我爸气坏了，觉得白白送出去几百袋太傻，在饭桌上跟我二姐你一句我一句地嘲笑我。

"没给你送一袋吗？"我爸笑里藏刀地问二姐。

"没有。"二姐做了个鬼脸儿说。

"不顺道？要是白给你要不要？"我爸又问。

"那可能要吧，咱也没遇到过这事儿啊。"

"行了。都吃饭吧，少说两句。"我妈严肃地说。

她看到我脸色变了。

"白送谁不要，有多少我能送出去多少。够不够？没疯抢吧？"我爸笑着问我。

我把筷子一甩，其中一只差点扎到三姐脸上。还不够泄愤，站起来一脚把凳子踹倒，然后转身就走。

我爸被瞬间点燃，站起来怒骂我一通。

"回来吃饭，你不吃饭上哪儿去？"

我妈的召唤夹在我爸的骂声中，在我身后渐行渐远。

我们都没想到的是，三天后二批第一批订单就比我们家一年的销量还大，客户点名就要我的货。

冬天在冰天雪地里炒瓜子并不舒服，经常脚被冻得没有知觉，后来订单越来越多，起早贪黑地干，还只能用簸箕筛选杂质，到了晚上胳膊都会肿起来。我不觉得累，很开心，尝到了一点成功的滋味。这个冬天也让无所事事的家人充实起来，大家总会为惊人的订单乐一天。

东北冬天闲人多，所以瓜子销量大，过完年我就不做了。小小的成就感很快就被浩瀚的白日梦吞噬，这跟我想要的还相去甚远，哪个大老板扇簸箕把胳膊扇到肿的？

于是我去了沈阳，在一家装修公司找了个销售工作，运气好，成了一单。其实我什么业务都不懂，老板可能就是看上我那股乡下人的傻劲。他说很看好我，总是单独给我传授经验开小灶。

仅仅过了一个月，我对大城市又厌倦了，没有一栋房子属于我，没有一辆车属于我，我跟这里没有任何关系。主要是还没有炒瓜子赚得多。秋天将至，今年冬天务必把炒货做得更好，自己送。乡村照样有发展，再说爸妈不在身边也总惦记，不放心。

我找了很多理由说服自己放弃坚持是对的，真到了要放弃的那一刻，我确定自己又失败了，很失落。每次出发都是不混出个样不回来，每次回来都还是那个样。

我已经习惯失败了，越来越容易放弃。

这次村口下车时没人接我了，都在家门口等着呢。

"快进屋，弟，快点，别让邻居看着，回来太快了，让人知道了笑话。"二姐乐滋滋地盯着我的拉杆箱嘲讽着，"这大破箱子，走南闯北的，轱辘还不掉，真扛劲儿。"她说话就这样，一个月看不到我也想我。

"这箱子太破了，轱辘嗡嗡响。你下次拉我呗，我还能跟着出两趟门。"二姐夫像个蛆似的在二姐身后说。

"你俩咋那么膈应人呢？"三姐抱着两岁的外甥女瞥他俩一眼。她可接受不了任何人侮辱我。

"大儿想吃啥？妈给你做好吃的。走！咱进屋。"我妈只有久别重逢的喜悦，没别的。

"弟儿，你没事多出几趟门，回来俺们还能借光吃点好吃的。妈早早就把鸡杀了，一会儿上门口瞅瞅她大儿回没回来。"二姐夫说。

我皮笑肉不笑地接过三姐怀里的外甥女，谁也不想理，啥也不想说。

回到家后，我一如既往地晚睡晚起，消化自己的又一次失败。很忧郁，对自己越来越没有信心，那些清晰的白日梦越来越像海市蜃楼。当年成绩不如我的同学也都上了不错的大学，过着让我羡慕的大学生活。我和QQ空间里的他们越来越不像了。

我越来越多地思考活着的意义，似乎没有意义。生命就是一个轮回，终将逃不过死亡，只是在等待死亡的过程里熬着，受着，忍耐着，又何必呢？即便得到了自己想要的，也不过如此。

可是又不能死，一想到家人的哭声我于心不忍。

我妈已经不敲我的门了，她知道叫不起来我。我是靠死皮赖脸的毅力让她放弃的，主要也因为我每天唉声叹气，嘴里念着活着没意义，他们轻易也不敢惹。时间长了，他们也因为我的唉声叹气而变得唉声叹气。

炒货生意比上一年还好，但这不能让我振奋，因为远远达不到我的预期。开始有商家效仿我的方法，竞争也很激烈，我只好增加了其他商品，降低运输成本。其实生意做得很好，二批有时候求我分点货给他们，因为很多商店只要我的货。但我还是不开心，送货的时候每次进门前都调整一下笑容，上了车立马就恢复成冰脸，狠踩油门，开往下一站。

冬天一过，我又开始迷茫，不知道该做什么，整天浑浑噩噩，思考活着的意义。我越来越消极，把一切都往负面想。只能继续进城浪荡，在多家公司做销售，干几天就换一家，面试的经验倒是很丰富。兜里不敢放太多的钱，因为路过彩票站它就没了。甚至有时候只留 1 块钱坐公共汽车回住处，宁可晚饭都不吃。

城里的馅饼满天飞，就是不砸我，钱花没了，还得回家吃饼。

家里开始给我物色新娘，我没有兴趣，从来都是坚决拒绝。总觉得村里人的想法都一样，到了该结婚的年纪结婚，该生孩子的时候生孩子，该干活儿的时候干活儿，该死的时候死。这不是我要的生活，我要自由，随心所欲。

整日把自己关在小屋里上网，等待冬天继续干炒货。有一天，二姐钻进我的房间，我迅速关闭网页，头也不回，冷冰冰地说：

"出去。"

"等会儿，姐跟你说个事儿，说完姐就走，没给我气死。"她直接坐在我旁边，右手搭在我椅子的靠背上，像个蒙古族的摔跤手。她左手的绷带刚拆没多久，小心翼翼地拎着。不久前她兴奋过头着急出门，兴奋地一掌捶碎了门玻璃。

我对她要说的内容没有任何期待，手搭在鼠标上一动不动地等她能说完赶紧离开。

"我让俺们同学给你介绍对象，你猜她咋说的？她说，哦，你老弟呀！俺们村可没有，你得让你老弟上电视上找去。"二姐说完大笑，看我仍是一脸不耐烦，就在我背上拍了一下笑着问，"哎，你说气不气人？咋这么气人呢？没给我笑死。"

她笑得上气不接下气。

"说完了吗？"

"行行行。我走我走。"她刚起身又坐下了，手还放在靠背上继续说，"等会儿，姐再给你说个好玩的。刚才骑车驮我姑娘上街溜达，我姑娘在后面睡着从车上掉下去了，差点没掉壕沟里，壕沟里都是臭水，唉妈呀！给我吓坏了。我姑娘差点哭没气喽。"

"你缺心眼吧，那么小的孩子你让她自己坐后面？还好意思笑呢，孩子呢？"我狠狠地瞪了她一眼，立刻起身，迫不及待想看到外甥女，那时候也只有孩子能让我开心，引起我的注意。

"在你小姐那儿呢，他们不让我碰我姑娘，都骂我。"她还在假装哭，紧跟在我屁股后面一起去看孩子。

外甥女天生谨慎胆小，处处小心是有道理的。几个月的时候就被她妈硬按在水盆里洗澡，玩命蹬，外甥女像杀猪，热水烫到二姐手，才意识到是真烫，赶紧把孩子拉出来。所以孩子基本让三姐带，家人都不太放心二姐。

炒货又开始了，邻居们都夸我能干。离我们家50米就是信用社，点儿背，我被信用社主任看上了，他非要把他表妹介绍给我认识，我非不看。我正在生死边缘徘徊，哪有心思扯这个？何况我有心上人，就是不说。这事我爸跟我说过三次，第一次语气开心，第二次试着商量，第三次直接下命令，但都被我拒绝。

第四次说这事，是他中午喝得微醺回来。他在院子里拦住我，脸上是笑的，语气是生硬的。

"刚才人家又看着我了，让我问你啥意思，看是不看给个话。人说你俩先留个电话聊聊，年轻人，让你们自己聊去，俺们不参与。我告诉你，你聊也得聊，不聊也得聊。你得懂点事知不知道？"

"我没空，说过多少遍，不看了。"我冷冰冰的，说完，转身就走，被我爸一把拽了回来。

"你说啥？"我爸的脾气快且猛烈，情绪就像瞬间烧开的水，我们家人都懂，我妈和我三姐在旁边顿时紧张起来。

"爸，你冷静点。别急眼，别急眼。弟，你别说话啊！"三姐像只颤巍巍的土拨鼠一样站着说。

"我为啥不说啊，他让我看，我就得看，主任咋的呀？主席也不好使！"

"你想咋的？"我爸的声音陡然炸开，身体和动作像核聚变一样即将爆发，气得浑身发抖。

"爸！"三姐一声惊叫立马挡在我俩中间。

"你干啥？"我妈的声音几乎跟三姐同步。她们迅速聚集在我和我爸中间，一人拦住我爸一条胳膊。

从小到大，我爸没诚心打过我，吓唬是正常的。蓄积已久的力量全部凝聚在他高举的、僵硬的、发抖的手臂上，鼻孔里喷着粗气，牙齿以最大力量紧咬在一起。

"让他打！最好打死我。"我原地没动，也气得喘着粗气。

我妈和三姐哭着央求我爸，奋力拦着原地使劲的我爸。这气头换成别人肯定谁也拦不住，被我爸打过的人太多了。

二姐和我大姑也被三姐那一声尖叫唤来了，四个女人有说我爸的，有劝我的，乱成一锅粥。我初恋女友的爸刚好路过门口，见势也有点束手无策，他太了解我爸了。僵硬的我爸在推推搡搡中磨灭了力量，浑身发抖地指着大门外说：

"给我滚出这个家，这是我家。"

我立刻转身进屋取了件外套，重重地摔门，快步朝大门走去。

"把你的东西都给我拿走！以后不许你进这个家门！"

刚好路过门洞里的面包车，车上装着准备去送的货。我奋力拉开车门，将几袋瓜子和茶叶全部拽出来扔到马路上，散落了一片。然后快步走出大门。

"这是干啥呢？"初恋女友她爸皱着眉头说。

我快步走向村口的车站，三姐穿着拖鞋一路小跑跟在我后面哭。"弟，你别走，你能去哪儿啊？爸就是一时冲动，你别走，姐求你了。"

"你回去哄哄爸吧。过几天，我等他消气儿了就回来。"

"那你去哪儿？"

"不知道。"

"不行，你得告诉我。"

"你放心吧，我兜里没多少钱，要不我去大姐那儿吧。"

她放心了，然后把兜里所有的钱都掏出来给了我。

坐了一夜的火车，大姐看我第一眼还是笑，把我带到她的教工寝室，她已经是这所大学的老师了。到了寝室我一看没别人，坐下就开哭，不只哭被逐出家门，主要是哭我的迷茫。

有关自杀

最后一次渴望天上掉馅饼是因为大姐买房了，在城里好歹有了个落脚地儿，我就又去了。

这次我找了一份房地产经纪人的工作。店长是个女的，24岁，只比我大1岁。她笑声如雷，办事像闪电。店里还有个40多岁的太阳大姐，人特别好，每天都用她的阳光照耀着新来的同事。我们就叫她"太阳"。

有一天，我跟太阳一起值班。我们分别在两个房间聊QQ。她说："帅哥，聊聊呗。"

我知道她想开导我，但我一如既往地消极悲观，没用上几个回合，她便拍案大吼：

"臭小子，你给我过来！真是气死我了。"她站在屋门口叫我去大厅面聊。

"小小年纪不去挥霍你的青春，尽想些没用的。过来！我要给你上一课。"太阳瞪着眼睛说完就去饮水机接水了，我想这是准备长聊啊。

她给我讲了一个全盲的男人如何靠自己把一个襁褓中的婴儿养大的故事。

我猜她父亲在最辛苦的时候一定也想过死。一个全盲的人洗衣做饭换尿布且不说，他每天要坐公交上门给顾客做按摩。襁褓中的女儿就在家一直哭，一直哭。他也深知她在一直哭，一直哭。但他必须工作，努力地活，女儿便是他活下去的希望。他一定是每天都在拼尽全力地活下去。

女儿后来长大，结婚，有了自己的家庭，却被老公背叛。她坐在江边一整天，无数次想跳进去一了百了，但也正是因为家里有个女儿在一直哭，一直哭，她活了下来。

不久后她父亲去世，她蹲在火葬场的角落里用一整天的时间抽了满地烟头，看着陆续被抬进来的死者，意识到活着便是一切可能的基础。

这个盲人就是太阳的父亲，她就是那个女儿。

现在的她已经靠自己一人把女儿抚养成人，女儿正读高二。太阳有时候会劝女儿青春期应该适当离家出走，但女儿说啥也赶不走。她从没要过前夫一分钱抚养费。她每天像颗开心果，住在一栋很小的老楼里，喜欢爬山和音乐，自认为是非常幸福的人。她也多次获得过全公司的月销售冠军。

她讲完的时候已经早过了下班时间，看了看时间，她把烟头扔进有水的纸杯里。

"瞧你干的好事，我都多少年不抽烟了，为了你我今晚抽了这么多。还不赶紧收拾东西，我快赶不上末班车了。"她一边迅速装包一边说。不幸的遭遇和她阳光的气质形成强烈的反差。我一直木讷地听着，临末了说：

"哦。"

一个月的时间，我一套房也没卖出去，整天浸泡在自己的悲观世界里。最后把大姐刚买的房给卖了，转手赚了四万。卖完，我就不干了，却没料到半年后房价翻了一倍。

交房前还能住一个月，我便把自己关在大姐的清水房里，潜心琢磨人生方向和活着的意义。大姐想从学校的寝室里搬过来陪我，被我强硬拒绝。我只想独处，找到一个合理解脱的方法。

无所事事的我开始在水泥墙上画画，一面墙是倒下的枯萎树干，另一面墙是灰色的荷花，花开正艳，却已如死去。

"你画得挺好，很抽象，说明你有艺术天分，就是这颜色不太好，看着压抑。"大姐一边欣赏一边说。

我没理她，闭关后我越来越像聋哑人。

"弟，姐……今天联系心理医生了，要不你看看？就聊聊天。"

我依旧没反应，收拾一片狼藉的画室。虽然是清水房，但是连抹布我都叠成军被状，一本书和一个听不懂的日语电台就是这一个月的全部。

"就是有点贵。听说是按分钟计费，不过我觉得你还是应该……"

"不看。"我的语气冰冷得像一把利刃，一刀斩断她的话。

"不是。其实也不贵，我们校部的，没准不要钱呢。你不能这样沉迷下去了。"

"我说了不看。"我说完转身逃到另一个房间。

"行。姐相信你能走出来，你要是想看你就跟姐说，姐就给你联系。"她跟在我屁股后说。

我一听按分钟计费，快拉倒，没人能懂我，死之前，我不想再浪费家人的钱。

大姐每天下班都带些生活所需来看我，试图开导我。她非常努力地笑，非常努力地寻找我的优点鼓励我，非常努力地强调我对家人的重要性，不敢有一点过激的言语，生怕刺激到我脆弱的心。

我总是叹气和无言以对，用冷漠和烦躁驱赶她离开。她离开前总是笑的，不管我有多过分。好几次关上门后，我趴在门镜看到她抹着眼泪消失在楼梯的拐角处，背影是那么委屈和无助。

很快，时间开始不分昼夜，我经常在七楼的阳台上一坐就是几个小时，计算跳下去所需的时间。面无表情地看夜幕降临，街道上的车流从多渐少，日复一日，没什么区别。看到刀会想血从手腕里流干的过程，看到水就想淹死的感受，看到绳子就感到窒息。

头痛越来越厉害，总是在凌晨或者后半夜醒来，在寂静里发呆、张望、流泪、痛哭，疼痛难忍就用后脑勺往墙上撞，一下一下，多想稍微用点力撞死得了，可稍微用点力，就忍不住躺在地上蹬腿揉脑袋。

有一天夜里11点，我觉得我快要死了，头痛得昏天暗地，窗和床都在转，墙壁像流水一样晃动，呕吐，浑身发抖，一会儿在床上挣扎，一会儿在地上挣扎。

一想到家人我就想大哭一场，却没有力气，只有让眼泪静静地流，一想到我死了家人的痛哭，我又犹豫了，可能还不到死的时候，就给大姐打了电话。她飞速赶来，带我去医院，吃了点止疼片又没死成。

交房前我没有找到人生的方向，脏乱差的工作我不想做，看起来高薪又轻松的工作我又做不来，只好卷铺盖再回农村。

回家之前很想大醉一场，忘了曾经所有的不愉快。

酒吧的音乐非常舒缓，带一点伤感，沉醉其中忘了时间。老板是个中年人，一看就是有故事的人。他的眼神带一股狠劲儿，脸上没有任何多余的表情。他端着一杯伏特加坐在我对面。

"怎么了，兄弟？心情不好吗？"他面无表情地问。

"没有。"我消沉地说。

"嗯。"

他一直盯着我，我的一举一动甚至微妙的表情变化都是他解读我的信息。我们的聊天节奏很慢，慢到很久才说一句话。他的沉着和面无表情让我第一次有被看穿的感觉。

"你想聊聊吗？可能说出来会好受一点儿。"他低沉的声音沙哑强悍。说完提起酒杯自己喝了一口。

我说我可能抑郁了。

"什么是抑郁？"

"就是每天都在想怎么死。"

"死过吗？"

他一如既往地盯着我，一如既往地冷静，仿佛对一切都淡淡的无所谓。

"没有。"

"那为什么不去死呢？"他点燃一支烟,点燃后又递给我一支。

"呃……可能是……我也不知道。"

我们坐在二楼，能看到一层的舞台。他撸起袖子让我看他手腕上一块凸起的疤。他指着一楼的舞台说：

"快十年了，当时就坐在那儿。我把酒瓶往地上一磕，就一下，血突然就喷出来了。"他比画着用瓶子扎手腕的动作，严肃地笑了一下继续说，"当时我还害怕把地板弄脏了，找了个盆接血，当时大脑是有意识的，很清醒，什么都知道，我知道我快死了。真到快死的时候就不想死了，然后我就用鞋带给系上了，打了120。我保证你不想看到你家人像我家人那样哭。心都碎了。"

我表面平静，心却被震撼了，就好像他带我死过一次一样。

"那时候你为什么想死？"我问。

"就是活腻歪了，你不也是吗？"

我们冷笑一下陷入沉默，我的注意力被他头上和手上看起来像刀疤的疤吸引了。

"这些是以前打架让人砍的。"他说。

"哦。"

"被抢救过来之后我躺了半年，一点力气都没有，失血太多了。这半年我看了很多书，看书能让我安静下来。回去多看看书吧兄弟，时间不早了，我这要打烊了。"他说完起身拍拍我的肩膀下楼了。

第三章　　无尽的旅程

　　我买了一瓶酒和一个椰子走进海滩，躺在沙滩上看天色从白到黑。风很暖，醉意袭来。眼前是星空，脚下是大海。人声渐退，只有风和海浪的声音。海里一定有很多鱼，它们不认识我，我也不认识它们。

　　想这些觉得很有趣，心不乱。但依旧觉得寂寞。

活着的感觉

家人对我是彻底绝望了，一惹我就不想活了，谁也惹不起。那时候爸妈对我的期待大概就是活着就行。成年人不敢轻易进我的房间，怕我爆炸。其实看了几个月书后我没那么易怒了，也不每天都把死挂在嘴边了。

三姐家外甥已经会说话了，他穿着姥姥的大鞋走到我的炕沿边，天真地盯着我。

"舅舅。"

"穿谁的大鞋啦？这么大？是不是姥姥的呀？"

我放下书把他拎到我肚子上。每当我要爆炸的时候，只要把他扔到我身上，火气一下子就能压灭。比他大两岁的外甥女也有这样的灭火效果，大人只会让火燃烧得更猛烈。

小外甥骑在我身上玩，胖乎乎的，非常可爱。

"大儿啊，晚上想吃啥呀？包饺子呀？"我妈趴在门口，用像我跟外甥说话一样的语气问我。

"吃啥都行，妈。"我语气平和地说。

"抱孩子出去玩玩吧，老在屋圈着有啥意思啊？"

"嗯。"

外甥就是一个磁力球，很快把三姐也吸过来了。

"弟，明天陪姐上县里呗。房子买完了，你去看看，帮姐设计设计咋装修，你有艺术细胞。"三姐带着异于平常的幸福感说。

"买完啦？挺好。"我轻轻地笑着点头。

"嗯。明天让爸开车拉咱们都过去看看。我还没去过呢。我现在就想去，太晚了，他说那儿没灯。"

三姐夫是单亲家庭，当年几乎以最低价格娶到了我三姐。别人娶媳妇基本靠爹妈，他基本靠自己。没用几年，靠爹妈娶媳妇的积蓄都变少了，他硬是攒出了一套房，拿下县里最高建筑的一间，我觉得他很厉害。

为了省钱，我跟三姐夫把板材硬是从一楼搬到22楼，一共搬了六次，累得筋疲力尽。最后一趟的时候，我站在22楼的窗前狂喘着往外瞭望，有风吹了过来，身上凉飕飕的，但心里特别静，特别踏实，那种感觉就好像突然又活了过来。

好久没有这种活着的感觉了，激动得几乎想哭！我决定要做点什么。

靠着死皮赖脸，我从我爸那里拿到一点投资，在三姐家新楼附近开了家40平方米的小商品杂货铺。

如今想来，那或许是一起开始变好的起点。

开业那天非常开心，扯两串气球，放一挂鞭炮，我和三姐的新生活就此起航。

第一个顾客是隔壁银行的行长，三下五除二挑了一百多块钱的小玩意儿。我和我姐在他背后时不时挤挤眼睛，努力淡定。彬彬有礼地把他送走之后确定已经走远，控制不住的兴奋马上爆发了，我们击了个掌还怕被人看到，马上看看门口，没人。

"哎呀，妈呀，咋这么好呢，真痛快。"三姐激动地笑着说。

"太有钱了。轻轻松松挑一堆。"我也无比兴奋。

三姐马上给家里汇报了这个过程，一起高兴一起笑。

我和三姐每天都一丝不苟地对每一个顾客笑，商品摆得井然有序，生意出奇地好，很多人都是慕名而来。尤其是一些女生，看到饰品和毛绒一类的东西就会失控。

几个月后，我骄傲了，认识的朋友也多了，经常跟朋友出去喝酒，同样野心勃勃的年轻朋友和酒精召唤回我干大事的愿望和渴望自由的心。

守店是枯燥的，网络世界让我看到更多的不同活法。真让人羡慕，而我每天近乎一个样。

店里的卷帘门一落，开灯就是白天，关灯就是黑夜。我按亮手机一看已是上午10点了。还没有醒酒，迷迷糊糊地马上起来开门，跌跌撞撞地把折叠床和被子塞进柜子里。然后靠在椅子上闭目仰头醒酒。

中午，三姐拎着外甥和饭盒愁眉苦脸地来了，看样子她哭过了。饭盒放在吧台，瞪了一眼还没彻底醒酒的我就抄起扫把开始扫地。扫到我附近用扫把磕一下我的椅子，外甥正趴在如垂死般的我的腿上玩。

"你俩起来！"她语气冰冷生硬。

"哦。"我立刻抱起外甥让她扫座位下的垃圾。

"你几点开的门？"她以责备的语气问。

"一睁眼 10 点了，吓我一跳。马上我就起来把门打开了。"我满怀愧疚地说。

"你说你天天出去喝，挣多少钱啊？咱妈咱爸在家舍不得吃舍不得喝，你就这么造？"她一边扫一边说。

我不爱听，放下外甥钻进卫生间洗脸刷牙去了。

她不停地抱怨和教育，导致前一晚上喝到凌晨 3 点的我越来越烦躁。我们通常吃完去唱歌，唱完还得喝一顿，很少有晚上 12 点前结束的时候。平均两三天就一次，朋友越来越多，不喝不给面子，不喝多不够意思。

我洗漱完她还在嗡嗡嗡地抱怨。

"你能不能别磨叽了？"我终于没忍住，不谦卑了。

"我磨叽？你天天这样谁能受得了啊？门你都不开，这么干下去还有好啊？"三姐更怒了。

"不愿意待你就出去，用不着你管。"

她愣在那儿酝酿开哭。刚好来了两个顾客，她直接走到里面，我立马变成笑脸。

"来！喜欢啥自己看啊。"我嘿嘿地笑着对两个姑娘说。

没一会儿，三姐从卫生间调整好笑容走到她们身边帮她们选耳钉。

"你戴这个好看，我可喜欢这个了。"三姐温柔地笑着说。

开店十个月后，我又把店卖了。

当时生意兴隆，一切都在变好，但我就觉得沮丧，这不是我想要的，我还想要远方，想要自由，想要更大的梦想。

冒着全家的反对，我把店卖了，拿着钱，背上包，漫无目的地旅行，去追求渴望已久的自由。

无尽的旅程

第一站去了在辽宁的同学那儿。他早就让我来，现在我终于有时间了。他却已经败落了，有两个卫生间的那种大房子也快当了。但哥们儿义气一上头，他仍旧带着我出去花天酒地。越是如此，越要抓住青春的尾巴使劲浪。

三天后，我们都浪不动了。

看来我们都在变老。

然后去了北京，原来北京那么大！看了天安门和798之后就不知道去哪儿了。于是随便上辆公交车瞎转，上车时被人撞了一下手机就丢了。一点儿都没慌，反而让我有一种窃喜，因为这样就没人再能联系上我了，终于感受到了自由的味道。

我看着窗外一直忍不住笑。

下车还是马上跟家里联系通知家人电话丢了，我太了解他们，联系不上的后果不堪设想。万一我妈哭晕在炕上我还有什么脸继续浪下去。

没了手机空落落的，忽然发现我不知道该去哪儿，有一种瞬间被这座巨大城市淹没的感觉。当务之急，买个电话。

火车站售票口，排队的时候一直在想去哪儿，想不到，我问售票员：

"都有去哪儿的车？"

"你要去哪儿？"

我不知道，只能退出队伍让下一位办正事儿。

后来去了三峡，去了张家界，还有凤凰古城。

不同的风景带来的新鲜感和震撼很快被寂寞淹没，我像根木头一样在街上闲逛。

路过一个相对清净的酒吧，就感觉这里有人在等我，走过去又回来了。我点了六瓶酒守株待兔。三瓶酒后，五米之外的女孩也是一个人，她一手拿烟一手端起酒杯微笑着冲我敬酒。我用近乎一样的微笑跟她隔空碰了下杯。

喝完，我就再也不敢看那个方向，还有60块钱没喝完呢。

有点担心这大姐过来，太胖了。

一个人在街上游荡。很多女孩看我一个人手插在裤兜里漫无目的地走都过来跟我搭讪，让我去她们家喝酒。我没去。

一个打手鼓唱民谣的酒吧让我感觉很好，虽好却不至驻足。正要走的时候被酒吧角落里一个一身红裙的背影吸引了。长裙盖不住她修长的身体，那纤柔的手臂即使不动，也像在跳舞，她整个人几乎都不动，懒懒地盯着一个地方。

我又点了两瓶酒坐在她的后面。

反正无聊，准备等她回头的那一刻，看一眼就行。明知道如此的女子跟我是没有关系的。一个小时，两个小时，她始终没回头，这段时间在我的想象里默默地跟她发生了很多故事。坐在我对面的哥们儿好像跟我说过什么，忘了。她走了，我也走了，走向不同的方向。我没有追着去看她的脸，这让我对自己很满意。

然后去了西湖，接着是义乌。

做小商品的肯定要到义乌看一看。我安慰自己说我不只是出来浪的，也是来看生意的。

我远远低估了义乌国际商贸城，心想都看看，匆匆忙忙的脚步走了一下午也没逃出一个区。琳琅满目的商品让我忘了自己要干吗，只是一味地走走，看看表面。

白天走一天，晚上回到宾馆的小屋又被寂寞包围。每天都是新鲜的、陌生的，空虚得要死。

我开始想逃离这个地方，小商品没看出什么名堂，又匆匆跑去广州看服装市场。花了半个月时间游走在各个批发市场，无非是看看款式，问问价格，以为这就叫考察，心里却越走越不知道自己以后该做什么。

亚龙湾的海面上，第一次骑摩托艇试图甩掉烦恼，差点把教练甩下去。回到岸上他生气了，叽叽歪歪地怪我太猛，我一句反驳也没有，甚至一点表情也没有，他的愤怒跟烦恼一样，我付了钱就走向海里，等浪来。

一阵阵巨浪把三三两两的人冲得很兴奋，欢笑尖叫声此起彼伏。而我与其说是冲浪倒不如说是泡在海里随波逐流。

忘了上一次笑是什么时候了。

忽然发现身边大叔的纯棉内裤有点儿松，海浪每落一次他就往上提一次，一手拽孩子一手拽内裤，忙得不可开交。有时候为了孩子他只能叉开双腿拦住它，有时候没等他提，浪就帮他提上了。我笑了，笑得让我很惊讶，原来笑是这种感觉。

　　当天晚上，我买了一瓶白酒和一个椰子走进海滩，躺在沙滩上看天色从白到黑。风很暖，醉意袭来。眼前是星空，脚下是大海。人声渐退，只有风和海浪的声音。海里一定有很多鱼，它们不认识我，我也不认识它们。天上那么多星星，那么遥远，那么浩瀚，它们正发生着什么？边际到底有多远？

　　想这些觉得很有趣，心不乱。但依旧觉得寂寞。

　　等我再醒来时，一翻身吐在沙滩上一堆，打个酒嗝，又吐了一堆。我是被冻醒的，一看时间已经凌晨2点多，用椰汁漱了漱口，摇摇晃晃地往宾馆走。

　　第二天跟着邮轮出海去潜水，大船上到处都是一对一对的，特别腻歪，在船上躲都躲不开，越不想见到他们就越是随处可见。有两个落单的男生总想缠着一个落单的女生。我才不跟你们一起笑，一起叫呢。

　　潜入海底并没有与鱼共舞，嗡的一下就蒙了，头痛欲裂，哪儿还有心思装鱼。

　　这破地方。撤！

　　我大意了。没想到去火车站的公交车时间那么长。臭鱼烂虾吃得闹肚子，站在公交车上一动不敢动，生怕稍有闪失就顺着大裤衩的裤腿流出来，那是第一次感受到真正意义的挑战，全靠毅力硬撑着，身上的鸡皮疙瘩此起彼伏，也许脸真的是绿色，我不知道。

我不敢有一点松懈，注意力高度集中，什么乱七八糟的都不想，专心憋，憋到一定境界连时间都不想，就看看自己到底能不能撑到下一刻。一站又一站，就是不到站，仿佛这条路比之前走过的空虚的旅程还要漫长，遥遥无期，没有尽头。

下车时丝毫不敢大意，非常担心有人撞我一下就完了。轻轻地，一步一步往卫生间挪，很想快，但不敢。解开裤子蹲下那一刻，感觉要飞升！

海口到桂林赶上清明高峰期，一周内买不到票。我也没买票，直接混上火车再补票。排队补卧铺的人很多，经验告诉我大概需要两包烟，之前在湖南用槟榔贿赂过一次。我在餐车一直等机会，他一次不要，两次不要，我是连哄带骗加表演，最后我以第一名的成绩补到了卧铺票。

在餐车的时候看到一对年轻的夫妇抱着一直哇哇大哭的婴儿心急如焚，他们也想补卧铺，看起来年轻的父母像是很少出门，无奈到绝望。男的最后跪在地上求乘务员，纠结的乘务员把自己的铺位让给了他们。

拿到卧铺票我也睡不着，就从车头走到车尾消磨时间。卧铺票可以随便行走，硬座票则不能到卧铺车厢。硬卧车厢的乘客多数满脸焦虑，都在消磨时间。软卧车厢一派寂静，走廊里一排座位整齐地贴在墙壁上没人光顾。走过餐车到了硬座车厢我被震惊，这里人满为患，空气中笼罩着嗡嗡的噪声，人们千姿百态，横七竖八，仿佛灾难现场。

我也在硬座上熬过夜，知道他们熬时间有多煎熬。回到铺位上难以入眠，优哉地躺着，脑海里浮现出硬座车厢一张张憔悴的脸和婴儿的号哭。

阳朔的酒吧没喝酒，只有桥上的流浪歌手和他忧郁的歌声。我坐在另一旁的桥梁上听了很久。据说他这也叫自由。我想到自己正在追求的自由。

但自从离家开始，就一路狂奔，被空虚和无聊追着，怕被赶上，就继续跑，跑，跑，越跑越空虚。

漓江两岸的山柔美得像女人的腰。筏工的歌声带着一股我需要的欢快。我非要撑竹筏，让我的筏工坐着。追上来的竹筏上也有一个撑花纸伞的仙女。她的筏工说只要我能追上就让我上他的竹筏。我尽力了，肯定追不上。互动的感觉让心情特别好。导致漓江边的烤鱼都有一股特别的香味，让人念念不忘。

然后再去昆明。

半路被石林的红土勾引下车，我没见过红色的土，感觉很新鲜。在石林遇到了第一个旅伴，我俩的默契只需要一个眼神就可以翻过警戒线到禁止通行的路上走一遭。那是一条通往山顶的路，很险，站在山顶用不同的角度看了看石林，也不过如此，却有一种莫名其妙的窃喜。

五一小长假还没到，大理的游客不多，客栈便宜。骑行环洱海的途中险些撞上另一个骑行的小伙。我们相互道歉，于是就成了同伴，没过多久我们的队伍就变成八个人了。一路上非常开心，忘却烦恼，连最后的 40 公里连人带车挤在面包车里都那么开心。

到了大理我们都像残废了一样，屁股疼，腿疼。即便如此，晚上还是分成两拨，一伙在线人的指引下去假装偶遇明星，他们甚至对明星的行踪了如指掌。我和老鬼去接两个丽江过来的美女。老鬼只有21岁，像个混子，在大理已经混了三个月，他表面像公子，实际相当穷，每到下半月工资花完就穷得叮当响，卖点手链之类的东西换饭钱。不饿的时候他才懒得搭理那些糊弄人的小东西。

甚至寺庙什么时候开饭他都门儿清，不饿极了怎么会知道这些？

老鬼本是个到处游走的浪子，最后被这里的过客美女们吸引得不想走了。我满心以为他真是要带我泡姐，吃饭买单的时候我才知道没那么纯粹。

我和两姐妹聊私话时都觉得他吹得太过头。可他还是坚持妹妹是他的，姐姐是我的。到了酒吧美女非要买单，我早知道没戏，骑了一天车身体也快散架了，就先撤了。后来他们发生了什么我就不知道了。

累了，不想再为赶景消耗自己。第二天躺到下午才起床，这么久以来这是我睡得最好的一觉。吃完米粉天就黑了，伙伴们约我去酒吧玩，我不喜欢闹哄哄的酒吧，就一个人在街上闲逛。

走到一条幽深的胡同里看到一个理想中的酒吧，也走累了，就要了一打酒坐下来听游客唱歌。老板把我们落单的人聚在一张酒桌上聊天喝酒。她也在，她的感觉让我神魂颠倒，我们都很少说话，只是配合着笑。我总是偷偷地看向她，看到她也在看我。

"时间不早了，你们慢慢玩，我先回去了。"她站起来跟大家道别。

"一起走吧。我也得走了，有点累了。祝你们在大理开心。"我起身说。

"好啊。"她说着笑容绽放。

老板是个男八婆，当面揭穿我们勾搭上了，还怂恿大家一起祝福我们。她害羞了，我也有点不好意思。

出去的巷子很长，非常幽静，能听见彼此的脚步声。

"我记得来时的路挺长的，怎么这么快就到了。"我说。

我们一路都没怎么说话，只对笑了几次，总想说点什么，又不知道说什么。

"是啊。好快。"

她该往左走，我往右。那时已经夜里 11 点了，她住的地方近到不必再送，分手的时候她说我的笑就像大理的太阳，让人很舒服。

我只笑了一下，感觉我的台词被她说了。

独自往回走的路上欣喜又遗憾。

我给她发信息：你到客栈了吗？要不要一起吃个宵夜？

她回：我也正有此意。

我一路狂奔回到原点。她站在那儿冲我笑，心情好像跟我一样欣喜。

我从她家离开的时候是凌晨 4 点，街上很安静，就像烟花散尽的夜空，格外空寂。

我学会了与人接触，旅途中孤单的人不止我一个。骑车环泸沽湖的时候在客栈里就已经约好了七个人同行。中途有人掉队，我就拐到一个村子坐在木栏上等两瓶啤酒的时间，对我而言，冰镇啤酒绝对是最好的磨时饮料，一口下肚整个人都精神焕发。

一个五六岁的小男孩拎着几袋苹果干朝我走来。他的脸和手都很黑，像是很久没洗过，衣服也很脏，眼睛却无比清澈。

放学路上的孩子就像羊群，在马路上肆意打闹，丝毫不顾及过往的车辆。他们每天都要走很远的路上下学，比我小的时候还要辛苦，不禁让全车的人心生怜悯。真的有这样的存在，跟电视里看到的一样，亲眼所见却是别样的触目惊心。

孩子天真的笑让我不禁对自己产生了怜悯，他简单纯粹，有一种没有被太多欲望和杂念腐蚀的幸福感。

"哥哥，你好帅啊！"他站在我对面坚定地望着我说。

"你也太可爱了。"我想摸摸他的头，又不想从栏杆上跳下来，就没摸。

"帅哥买点苹果干吧，纯天然绿色食品，很好吃的。真的很好吃，不信你尝尝，你买一袋吧。求求你了。"

我脸上的笑意有些发酸，这么小的孩子，他的熟练把我震惊了，他期待的眼神把我打动了。

"你上学了吗？"

"买一袋吧。求你了。"

我掏出钱，有两个 1 块的。

"这个给你，苹果干我不要。你留着卖给别人吧。"

他看了看我，看了看两块钱。"哼"的一声瞪我一眼转身走了。

几袋苹果干在他身上晃来晃去，小屁股让袋子显得格外大，看起来颇有点吃力。

"哎！你回来。"

他没有理我，径直朝上坡快步走去。

这里卖苹果干的小孩很多。我的伙伴里有两个人买了，分给大家吃。我把苹果干放在嘴里一直含着，很甜，带一点点酸。

晚上我们好几个人都喝醉了，围着篝火跟当地人一起跳舞，气氛高涨，非常开心。

不久之后，我离开了。

兜里的钱已经花得差不多，仔细算了一下，这三个月跑了十个省，心情并没有变好太多。

登机之后，我删了那个女人的联系方式，然后关闭手机。

第四章　她

　　我们喝到五分醉后走出烧烤店，彼此都
在看着对方笑，依依不舍。她忽然趴在我耳
边说：

　　"等我！"

　　我一愣。

　　我的天！

酒

这次旅游把之前开店的一点积蓄全部花光，回来后只能再从头来过。

最好的方式就是家里投资再开店。鉴于上次开店的成功，这次野心膨胀，决定做大做强。

一开始新店一如既往地好，不远处就是我们县城最大的小商品店，几个月后就倒闭了。但我觉得我的能力大材小用了，没有对手让我感到空虚，没有女朋友让我感到寂寞，好在我有酒。

外出喝酒越来越少，喜欢上一个人偷偷喝，因为越来越舍得买酒。不同心情配不同的酒，不同电影选酒也不同。

有次我妈给我收拾房间，开始骂我窝囊，掀开床板一看，气得脑袋嗡嗡响，那气势要么砸酒要么砸我。以我对她二十多年的了解，她不但舍不得砸我，也舍不得砸酒。最后她气跑了，决定再也不管我。

618之后的一天，我爸来看我，本来心情很好，但坐下来的3个小时内，看我接连7个快递，而且全是酒，气氛越来越紧张。

这到的哪是酒啊，分明是引爆器。我爸时不时瞟一眼地上大大小小的引爆器，我嬉皮笑脸地瞎扯，分散他的注意力。当最后一个快递员到达，刚说出是酒的时候，他就瞥了我一眼摔门而去。

百无聊赖的情况下，我还开始沉迷于写作，创造虚幻的世界，因此很快回归到晚睡晚起的状态。

三姐很快意识到我又有颓废迹象。

"你明天要是再不起来我就不管你了，你现在是真不知道自己是谁了。欠咱妈和大姐多少钱你心里没数吗？"三姐一边摆货一边赌气地说。

"小姐，你中午想吃啥？我给你做，外卖吃恶心了。"我坐在吧台里岔开话题说。

"你少跟我整没用的。你爱吃啥吃啥。我告诉你明天早点起来。"三姐继续赌气地说。

"你再给我半个月时间，再有半个月我就彻底写完了。"

"就你能写出个啥？净整那没有用的。"

我很生气，但是没爆炸，爆炸只能让事情变得更糟糕。之前爆炸崩到过她，她很伤心，爸妈也很生气。我在练习忍耐力。

她不知道我为什么晚睡，为什么每天如梦游离，我不理解她为什么不理解我。她总是在我还没睡醒的时候叫醒我，理由总是不值一提。我知道她想扭转我的生物钟，让我踏踏实实做事情，但我的固执还是控制不住地气哭她。

她多次想放手不管我，每次放手都不超过一天，更多时候是回家做点好吃的就又回来了，回来我就笑脸相迎。现在她有全家撑腰，我欺负不了她，多数时候都是她给我脸色看。

除了沉迷写作，我还偷偷处了个对象。偷偷是因为关系不太稳定，又距离五个小时的车程。她是省城的富家女，我是小城的酒蒙子，总是没等公布就分了，分分合合说不准什么时候又被她甩了。跟幕遥恋爱后我经常对着手机屏幕傻笑。

"你傻笑啥呢？"三姐拿着抹布一边擦货架上的灰一边问。

"看个段子。"我意识到自己不正常，连忙调整姿态。

"不对。你是不是处对象了？"

"没有啊。"

"哼！"

像我这种贱笑只要智商没受过重伤的都能看出来是咋回事。看出来又咋的？26 岁一直单身还不积极谈恋爱才不正常。

消息还是走漏了，我妈有次从老家来看我，进门就笑了：

"大儿。"

这一句超暖的召唤我有点接不住。多数时候她还是挺一本正经的，甚至直接来句骂人的话我也能适应。紧随其后的我爸也露出一排大黄牙，静待佳音。好动的小外甥像颗炸弹一样扑向我妈，我爸放下从农村带来的菜就把外甥抱走了，很明显是有事儿。我有点心虚，淡定地笑着等她说，大概能猜到。

"那姑娘啥样啊？让妈瞅瞅呗。"我妈美滋滋地盯着吧台里的我问。

"啥姑娘啊？在哪儿呢？啥时候有的呀？想得可挺美。"我嬉皮笑脸地说。

"妈都听说了。哪儿的呀？"我妈还是一副骗小孩糖的姿态哄我。

“听谁说你就管谁要，我没有。”我故意气人地噘嘴瞪眼摇脑袋。

“臭犊子，就连我你也瞒。”

“那你以为咱俩关系挺铁哪。”

“走，妈，别理他。我带你上楼看看新到的货，可好了。”三姐笑着拽我妈胳膊往楼上走。

事实上这段时间我是真没有，跟她又分了。

就算不分，我俩也没打算结婚生子，对我们来说婚姻是绑架。这想法貌似有点不合群，但我就喜欢她这有点不正常的样儿，着迷。

虽然被她甩来甩去甩了好几次，但我还想继续被她甩来甩去。

大不了就处一辈子，没啥了不起的。她要是想结婚，我也干，听她的。我是被她空间里的诗歌吸引的，每一首都淡淡的，暗藏她对简单平淡的无尽向往，那也正是我心底最真实的渴望。

夏末秋初，终于盼来了跟幕遥的第一次见面。她站在一棵树下等我，穿着普通又不失讲究。皮肤是出奇地好，性格腼腆，一笑代表了一切。不过说实话，没有照片好看，但是气质比电话里的感觉好，一点都不做作，很自然。我觉得没有资格挑三拣四。

我们都不太善于言说。笑一笑就不知道该干吗。

“要不找个地方边吃边聊吧。”我说。

“好啊。你想吃什么？”

“这得看你啊。”

“我都可以。”

让来让去，选了个烧烤店，她知道我爱喝酒。出租车上她坐在前面，我坐在后排。她给我发消息。

幕遥：是不是让你失望了？我看你不高兴。

我：坐一下午车有点累。反正说好了，谁也不许跑。

幕遥：好。

夏天的烧烤店里很热闹，我们俩跟其他桌上的气氛格格不入，像是在吃西餐。都很少说话，只是看着对方的笑就觉得说了很多。

可惜她同事非要她去参加婚礼答谢宴，打了好几次电话。我看出她很不想去又不得不去，就鼓励她去，为此她感到很愧疚。

我们喝到五分醉走出烧烤店，从彼此的笑里就知道都依依不舍，她忽然趴在我耳边说：

"等我。"

我一愣。

我的天！

惊喜！

就知道她不俗！

"你去吧。别着急。我找个宾馆等你，一会儿给你发位置。"我喜笑颜开地说，那股春心荡漾劲儿不小心都没藏住。

到了宾馆，我认认真真把自己洗得干干净净，心急如焚地等她。她几次说脱不开身，我就虚伪地劝她别急。

她回来时已经醉了，一进门二话不说抱住我，趴在我肩上一动不动，就好像终于找到了我。

第二天早晨我们依然什么也不说，躺在枕头上只是对笑，谁也不想起床。她得去上班，我得去进货。

我们一天都迫不及待地等待晚上再相见。再见时的对笑更亲密了。她很奇怪，很少说话，搞得我也不知道说什么，就是笑。跟她有一种说不清的默契，很少需要言语，只用笑就够了。

第二个早晨笑得就有些失落了，她知道我要走。她收拾好了准备去上班，我站在浴缸里看着她即将离开，她走过来忽然抱住我，我身上的水弄湿了她的衣服，然后她快速吻了我一下，逃一般地离开了。

门"咣"的一声关上了，把我的心震得掉在浴缸里摔碎了，被流水冲走了。我像木头一样在花洒下冲了很久，想着她走了，就这么走了。

我们好像什么也没说，像梦一样。回家的长途汽车上，我的心里空荡荡的，仿佛洗澡的时候真的被水冲走了，只有身体在车上。魂不守舍，很不安，有一种悬浮的感觉。我甚至都不知道该不该告诉她我走了，就好像走了就是走了。她更不知道其实我狗屁不是，眼神还不好。但我很不甘心。

理性和感性从未有过如此激烈的讨论。

我：我上车了。

她：我们算什么关系？

我：我喜欢你。

我：想跟你处对象。

她：处就处。

这一刻忽然充实了，整个世界都亮晶晶的。

被一个独立要强的女生硬生生地撒娇很幸福。她撒娇很怪，像是在学习撒娇，但是我喜欢。

我：你吃早饭了吗？

她：不吃。

我：等会儿我给你打电话批评你。

电话拨通后她就不停发出"嗯嗯哼哼"的声音，那是想我的信号。

"你别这样。不符合你的气质。"我站在店门口举着电话边抽烟边说。

"我从来不这样，就跟你这样。"她语气像是生气地说。

"行。愿意哼哼你就哼哼，能听着你的声音就不错了。"

"哎，你下次来还要多久？"她委屈地说。

"最快也得半个月。"

"想你怎么办？"

"我从来都不照相，不给你发照片了吗？没事你就瞅呗。我就这么干的。晚上睡觉的时候盯着看，看入迷了没准就能梦到。"

她也不说话，一点儿动静也没有，我也不知道说啥。我们打电话经常陷入沉默，视频时也经常盯着屏幕一动不动地微笑，以为卡了。

"拉倒吧。咱俩打字聊吧。"我说。

"不行。不许挂。"

"不挂就不挂。"

没到一个月，我就是超级想见她。刚好三姐夫的货车要去哈尔滨，给他打电话让带上我。

"天气预报说今晚有暴风雨，我还没确定走不走呢。"

"你走我就去，别把我落下就行。"

"明天坐客车多好啊。"

"你走就告诉我一声就完事了。"

"干啥这么急啊？我能走。"

"没事啊。"

"没事咋这么急呢？"

"怎么跟个娘们似的呢？刨根问底的。我找娘们去，行了吧。"

那晚风雨相当大，我即便披着塑料布下身也浇透了，十几分钟地面的水就没过脚脖子，风也相当大。白换了新衣服，都浇废了。

奇怪，哈尔滨一点儿雨没下。我们在半路还被迫停了两个小时。到了宾馆已经凌晨3点，原本说好了晚上12点前能到，路上我让她先睡别等。她开门的时候有点不高兴，开完门就躺下看平板去了，也不说话。

"你生气啦？是不是一直没睡？"我蹲在床边嬉皮笑脸地摸着她脸蛋问。她不说话，眼睛直勾勾地盯着电视剧接着看。

"我们那边下暴雨了，你看我裤子和鞋还湿着呢。"

"洗澡去。"她的语气很冷。

我乖乖地去洗澡，一夜没睡也很疲惫，躺在床上还不知道怎么安慰她，她就盯着平板看电视剧一动不动。我这大手轻轻地往她小肩膀上一摸她就转过来了，头埋在我的胸膛死死地搂着不放。我也闭着眼睛感受她在我怀里的感觉。

恋爱后，整个人充满一种神奇的力量，看什么都顺眼。每一次跟她见面都甜蜜无比。慢慢地她开始因为不能在一起产生一些小情绪。一聊就找碴儿生气让我哄，慢慢地，交流越来越少，我的热情也开始降温，懒得猜她为什么会生气。

分手

随着不断了解，我发现她的物质条件远远比我好，这让我该死的大男子主义多少有点自卑感。

随着热度越来越低，我们不谋而合地断了。三个月谁也没说话，我每天都想她，情绪又回到低落的状态，酒又成了我的午夜伴侣。手机屏幕亮起又灭，不知道反复多少回。

很高兴酒能让我冲动，给她发了一条消息。

我：我想你。

她：我也想你。

小别三个月后的第一次见面，她变得和初见时一样羞涩腼腆，很少说话。她的神情让我感到愧疚，让她久等了。

她虽然很少表达自己，心思却十分细腻。知道我视力不好，看电影时直接选了第一排，知道我爱吃辣椒就专挑辣菜点，然后自己点一个简单不辣的菜，我能感受到她降低生活标准在跟我相处。她从来不说。

在我回家那天早晨，她为了让我能一直睡到上车前再起床，走得小心翼翼。我还是醒了，亲了她一口。在她洗漱过程中我又昏睡过去，蒙蒙眬眬听到门在响，仔细听了一会儿又没动静了。到了该出发时间她打来电话。

"起来了吗？"

"正准备起。"

"起来吃点东西再走，出宾馆左转第一个路口再左转有一家包子铺很好。"

"你早晨是不是关了很长时间的门？"

"别提了。那破门，花了我 20 多分钟才关上，差点迟到了。"

"你傻呀！使点劲得了呗。"

"那不响吗？赶紧起来，别磨叽。"

在一起的时候，即便话很少，我们总是笑的。分开后文字聊天不能传递我们的笑意，总觉得对方生气了，介意了，就冷了。一个月后再相见，以往的纠葛不解释，因为在一起的时间太短了，只顾着幸福。

自从跟她交往以后，我进城就不在大姐那儿住了，家里大概也知道怎么回事。但是大姐那儿有个 5 个月大的外甥女实在吸引我，每次都抽时间去看看，有时候就把她一个人留在宾馆。

"我去啦。"我有些愧疚，把她一个人留在宾馆。

"你都磨叽多长时间啦。你去看你外甥女我为什么生气？"

"回来给你带好吃的，你想吃什么？"

"薯片，青檬味的，酸奶，没了，快走，别烦我。"

到了大姐家我没别的借口可编，只能说我谈恋爱了。大姐的婆婆立马打起精神，追问我她的单位、姓名，说要托人打听打听她的底。我吓得立刻说吵架准备分手了，大姐夫又开始教我怎么哄。

不幸被我说中了，不久后我们真的分手了。我回家后她就病了，很重，在床上躺了两天，高烧不退。我很为难，难道去了还能将她接到宾馆里养病吗？她也坚决不让我去。可是没多久，我俩因为相思吵架她又把这事翻出来了。

幕遥：需要你的时候你不在，我要你有什么用？

我：那你啥意思啊？

我俩脾气都比本事大，吵架嘛！谁服谁呀！谁也不道歉。这一憋就是4个月，谁也不服软。这4个月我确定了一件事，我想跟她一辈子。不行还是服吧。

我：我想你了，你想过我吗？

幕遥：你错了吗？

我：错了。

幕遥：哪儿错了？

我：我明天去找你。

冬天黑得早，见面时天已经黑了。她看到我什么也不说转身就走，我就在后面老老实实跟着。

"你要去哪儿啊？"我小心翼翼地问。

她开始什么也不说，就走。我又问了一遍。

"咱俩这是干啥去呢？"我用讨好的语气问。

"你猜。"

"宾馆。"

她瞥了我一眼，因为被我猜中了。我应该故意说别的什么都行。她需要一个地方把问题说清楚。到了宾馆她很严肃。

"房间开完了。你要是能说清楚你错哪儿了我就留下，说不清我就走。"

"我不该跟你犟，没有及时认错。"

"不对。"

"你给点提示呗。"我嬉皮笑脸地说。房间都开完了还跟我装什么装，那一大包洗漱用品都摆在那儿了，赶紧去吃饭得了。我死不要脸地去拉她手，被她打开了。气氛变得更加严肃了。

"反正我就是错了，你说我错哪儿我就错哪儿了。"

"你这什么态度啊？"

我必须认真点，她真的生气了。我躺在床上使劲儿想，很无奈。气氛就像凝固了一样，冰封了3分钟左右。

"说实话，我真不知道我错在哪儿了。你也知道女人心海底针，我希望我惹你生气了你能直接告诉我，我在乎你。每次你生气，我心情也不好。我也希望咱俩能开开心心的。"我坐起来郑重地看着她说。

"你还没有意识到你错在哪儿了？"

"你杀了我吧。我猜不出来。"

她一直靠在桌子上，我看出她有走的迹象立马站立起来。轻轻地，试探着抱住她，她没有拒绝。

"别生气了，行吗？其实我知道我有很多毛病。"

"吃饭去。"她叹了口气说。

火锅把我撑得够呛，她一直吃得不太爽。

"多香啊。看你吃得不开心呢！"我心满意足地说。

"你尝尝我的蘸料。"

我一吃，实在难吃。

"你傻呀！不会换一碗吗？"

"那不祸害人吗？"

"我去给你调一碗。"

"行了，我吃饱了。我自己没调好我认了。"她又生气地说。

吃完饭路过一片跳广场舞的，我心情好得有点没法控制。

"咱俩跳舞去呀。消化消化。"我就是开玩笑，她怎么可能会跳广场舞。

"行。"

"拉倒吧。逗你玩呢。"

她瞪了我一眼继续走。

"好像你敢去似的。"

"那我要是跳了呢？"

"你说咋的就咋的。"

"行。今晚别碰我。"

她真的就地起舞。如此高冷的女生竟然跳广场舞，还是在马路上一个人跳，像极了神经病。

"快走，快走，快走。别在这儿给我丢人。"我急忙拉着她阻止她。

"今晚别碰我啊。说话算数。"

她终于完胜我一局，跳完舞才彻底消气。晚上谁也不在乎诺言，靠在床头贴在一起看电影，我不停喂她葡萄吃。

"你明天有没有事？"她忽然问我。

"你说有就有，你说没有就没有。"

"有就是有，没有就是没有。"

"那没有，货今天进完了。"

"陪我去逛街。"

"行。"

我答应得挺好，心里琢磨进货就没钱了，应该给她买点什么。

大不了借吧。

结果第二天到了商场她直接把我带到男装区，我胖了，去年的羽绒服像个紧箍咒勒得我看似有爆炸的风险。这商场哪是我消费的地方，试了几件我就看不上。商量让她去逛女装。

"这件挺好看。"

"不好看。不适合我。"

"服务员开票。"她跟店员说。

店员肯定很积极，我比店员更积极，拉着她就往外走。那件衣服够我全身上下换一身还绰绰有余，我哪舍得穿这么贵的衣服。她不开心了，随便在女装店试了几件。

"这件好看，给我，我去开票。"我硬着头皮强颜欢笑。

"你不让我给你买，你也别想给我买。"

"我给你买天经地义。"

"赶紧攒钱吧。早点过来比买什么都强。"她瞥了我一眼说。

回到家后我在乎了，想满足她的生活水平，短时间很难做到，除非发一笔横财。买彩票以前试过，不靠谱。为此我很郁闷。

不久后我感冒了，跟她撒娇说难受。

幕遥：你一天最多能挣多少钱？

我：1000。

她转过来 2000。

幕遥：两天的，关门吧。别再烦我。

我顿时气得满脸通红。这个转账就像一把盐撒在我脆弱自卑的伤口。文字聊天无法传递状态和心情，怎么理解只能靠主观判断。没多久我们一言不合又分了。

她处处为我着想，连我给她买包她都生气，因为贵。所以每次有矛盾和误会，她永远也不会低头。我被这种强势压制得很难受，算了，分就分吧。

决心分了更难受。足足难受了一个月。算了，还是低头吧，犟不过她。但这次仅靠一句"我想你"肯定是不行了。以我对她的了解，她不会比我好受。我甚至觉得她有轻微的自闭症，她爸妈更不敢惹她。这样的人一旦依赖一个人便会死心塌地，生气也会撕心裂肺。

可我找不到见她的理由。苦得我一个人徘徊在曾经一起走过的街道，住在曾经住过的房间。

再次见面时，她一句话也不说，在韩国料理店只顾闷头吃。我试着讲了几个好玩的事，她没有任何反应，就像一个人在吃饭，这让我的笑话很尴尬。问了几次想没想我，她还是没有反应。

走出韩国料理店，她深吸了一口气说：

"啊，吃饱了，舒服多了。"

但她还不理我，我就乖乖地跟在后面往宾馆走，也不讲笑话了。气氛越来越严肃，她躺在床头看手机，我认真地看她。我慢慢靠近她，轻轻地摸她的脸，然后把她吻倒，手机从她的手里滑落。我趴在她的身上问：

"说你想我就这么难吗？"

"想你。"她酝酿了很久，声音沙哑地说。

睡觉前我们在被窝里相拥，隔着彼此后脑勺看自己的手机，看着看着，她睡了。我听到她微微的鼾声，就在我的臂弯里，我关掉手机认真看她睡着的样子，如果她睁着眼我这么看她肯定受不了。半小时后她在蒙眬中忽然醒了，看了看我的微笑，再看看被她枕着的手臂。

"你傻呀！麻了吗？"

"嗯。"

我的手臂已经完全没有知觉，拉起来时像根木头，一动不能动。

"缺心眼儿！"她瞥了我一眼没有好脸色，然后愤怒地起身去卫生间了。我喜欢她心疼我的样子，哪怕是骂我。她从卫生间回来又拉起我刚被她压麻的胳膊说：

"给我！我还要睡。"她又把我的胳膊枕在头下看我笑。

"给你吧。都是你的。"

眼病复发

也就是在这时，我的视力突然下降了一大截，在电脑上打字已经要用一号字了。

我抱着最后一丝希望去北京看病，果然还是治不了。只会逐渐恶化，并且不排除致盲的可能性。

医生冷冰冰地说完这句，就大喊："下一个。"

回程的车上我犹豫了很久，想了很多，给她打了电话。

"干吗呢？"

"上班啊。"

"我回来了。"

"结果怎么样？"

"还是治不了。"

声音停顿了片刻。

"哦……等你回来陪你喝点。"

她不希望我喝酒，但她从不说不让我喝，只是告诉我她以后不喝了。

"会越来越差，我以后就是残疾人了。"

"嗨！我挑来挑去竟然挑了个残疾人。"

"嫌弃了呗。"

"嗯。当然嫌弃了，回来想吃什么？你想想吃什么，我好攻略一下去哪儿。"

"再说吧。"

当时冲动，以为她真嫌弃了。事实上，她只是比我提前接受了我没接受的现实。

我没见她，直接回家了。我以为她会因为我不告而辞生气，我也不哄了，散了吧。她的抱怨没有如期而至，我们有几天没有联系。后来她在朋友圈分享了一首林忆莲的《词不达意》。

我无法传达我自己

从何说起

要如何翻译我爱你

…………

我也想能与你搭起桥梁

建立默契

却词不达意

我想我的冷漠伤害了她。

我想获得她的原谅，给她发信息，骚扰她，说我想尽快把店卖了去哈尔滨一起生活。骚扰她的过程很痛苦。结果更痛苦，我被她拉黑了。

表弟开车来到我店里。我一如往常地开几句玩笑，几句就厌倦了。刚分手，哪有心思跟他扯犊子。

"咋了，你这死出。"他心情不错，明里暗里总想让我看看外面停着的奥迪。

"我想发泄一下。"我似笑非笑地说。

"咋发泄呀？"

"你拉我上山呗，山上没车，我突然想开车。速度与激情。"

"走吧。"

到了山边他把车交给我。我手搭在方向盘上发现眼前的路很模糊，我让他把玻璃洗洗，看了看还是不敢开快。

"加油啊。"他的手抓着车窗上的把手说，似乎已经做好陪我发飙的心理准备。

"别说话。"我笑着说，似乎心情已经得到释放。

"不是我说不说话，你不发泄吗？加油啊！"

"安全带系上，把嘴闭上。"

"我的天！40迈！42，说错了，这速度我系安全带干什么玩意儿啊！大哥，我这车上高速就是220。你不要速度与激情吗？速度呢？激情呢？你快憋死我了，这能发泄？我瞅瞅后面有没有牛车，别给我车拱上！"

我的慢让他狂躁了，看着他滑稽的狂躁，我心情好了很多，山里的绿总能让我心情开朗。

"啥牛车那么快啊！牛疯啦？"

"我快疯了，你快点行吗？求你了。我快受不了了。"

"安全第一，发泄第二。"

"哎妈呀！40多迈的速度与激情，真上头！"

"别磨叽了，给你开，不开了。"

"别别。我不开，我就想看看我有多大的忍耐力。"

我开不了，心里烦，满脑子都是她。

我决定把店卖了去城里找她。

我想去哈尔滨跟她在一起，家里经常拿欠大姐的钱说事儿，我很烦，很压抑，更主要的是我不想局限于小城小店小生活。

家里觉得稳稳的生活最理想，坚决不同意兑店。我还是把店卖了，还上欠家里的钱，他们非常不开心，确切地说是伤心，天天骂我没正事儿。

我把店卖了，但最终却没有勇气和方法获得她的原谅。我去过她单位附近的咖啡馆，从中午开始守着，以为能远远地看到她，一直等到晚上，可能她出现过，但是我看不到。游荡在曾经一起走过的街道上，只为了回忆，那晚我又回到跟她最后一次见面的宾馆，但那里已经再不会有她。

我没能挽回跟她的关系，一气之下去了义乌。那一年我28岁，满怀激情，一腔热血，决心不混出个样来不回来。何况我挣不到大钱真配不上她，她家条件好是真的。虽然她甩我不是钱的事，但我差钱，我承认。

第五章　　放逐我

喝完酒之后已经是凌晨，但我们都还没尽兴。

"咱们去哪儿玩啊？"大漂亮问。

"就是啊，这么晚都关门了吧。"朱娟说。

"就只能唱歌了。"胡哲说。

"不去。没意思。"小娇说。

"要不咱们去火葬场吧！那儿现在一定很安静，能让你们静下心来感悟一下人生。"

我说。

"我养你"

义乌这座城市并不大，却是豪车最密集的城市，一下火车，风里都有一股人民币的纸汗味。

没学历又不会英语，每天面试两家公司，没用几天就忽悠来一份自己满意的工作，是一家外贸公司的采购。有工作了自然得跟家里显摆显摆，美得很。

老板老板娘每天忙得焦头烂额。公司的店面装修，我说我懂点，反正一个人在义乌，上下班时间都无所谓，想替老板分担点。几天后老板找我谈话，他们早晚得回河北厂家，希望我各个环节都接触，我说好，但是得给我一点时间适应。

能被老板看上心情就更好了，一点儿不偷懒。公司里几个年轻人看我自然不顺眼，我就给他们买零食，吃人嘴短，不顺眼也说顺眼。

一个人在外无聊得很，尤其是晚上。所以老板一夸我，我就跟我妈吹，只要我爸在，准在一旁认真听，老两口美得不得了，前途一片大好。他们超喜欢听我吹，想得比我还美。开心就好。

没过几天，老板拿了一份单子指着表格里的数字，一脸愤怒。我被一个"0"坑了，3万变成30万。他没骂我，只是很生气。

然后他看到我的显示器忽然一惊地问：

"电脑怎么搞成这样？"

"我视力不好，就把分辨率调到最大了。"

我一直在做一些分外的事来弥补视力上的缺陷。可是再仔细核对，还是避免不了出错。

几天后，老板两口子又找我谈话。他们让我坐在一排长椅上，先是老板娘挨着我，觉得位置不好马上起身把老板赶到我们中间。我已经感受到他们难言的意图。先聊了聊家常，还有我的病情。

"你知道我和你嫂子都很看好你，当时真想把这边交给你，我们好回厂子里，那边事情更多。但没想到你的视力问题这么严重。要不我们都想想，在我这儿，除了不用眼睛的工作你还能做什么？你回去也好好想想，我们都想想，想好了给我个答复，不着急。"

"谢谢你们的委婉，其实这些天是我给你们添麻烦了。我隐瞒了病情，抱歉。"

"你很有能力，即便不在我这儿你也大有可为。眼睛就真的一点办法都没有吗？"

"谢谢你们，我会找其他的事做。视力目前还不至于生活不能自理，做别的也没有太大的影响。"

离开他们，一转身的那一刻笑容再也撑不住了，很快就蔫了。回去的路上，天阴沉得快塌下来，下着小雨，我在雨中低着头不急不慢地走。回到住处一头扎在床上，趴在那儿一动不动。来时的激情和梦想被现实击得粉碎，调整了很久还是决定给家里打了电话。

"爸，我被炒了。"

"啊？因为啥呀？对你不是挺好的吗？"

"眼睛。"

"啊？哦。"

他听到眼睛后趾高气扬的声调一下子就落了下来。我听到他声音落了下来忽然就哽咽了。

"总填错单子，没办法，我努力了。"

"没事儿。不给他干了。实在不行就回来，爸养你，你啥也不干，爸也饿不着你。别上火，你回来吧。"

挂掉电话我突然泪崩，把头闷在被窝里怕邻居听到哭声，大老爷们号起来特别难听。每当想到"我还能做什么"和"爸养你"泪水就止不住地往外冒。雨下了一夜，我的眼泪断断续续也下了一夜。靠在床头上从黑夜一直到天亮，昨晚也没吃饭，也不饿，不饿就不吃。

义乌的山里有座庙，去不是为拜佛，而是散散心。我气喘吁吁地爬到山顶，那是一个不断向上的过程，一步一步，脚踏实地。这里几乎能看到整个义乌城。绝望的时候我的世界很小，小到只有一个房间，黑暗却无限。站在山顶的那一刻，我的世界很大，整个义乌城就那么大，一想到"我养你"，一股力量在山顶的脚下冉冉升起，能量无限。

第一次感受到生存危机，一个被炒就把我翻到谷底。谷底很冷，把我冻急眼了，我抬头望了望陡峭的岩壁，再看看自己强壮的身体，上！

你们不要我，我自己干！

每天早晨都像离弦的箭，射进国际商贸城就是一整天，不停地走，不停地问。晚上回到月租公寓得先躺上一两个小时再琢磨吃的。

有方向的人心是亮的，亮晶晶的付出必然有收获。结合我自身的条件和能力，我盯上了库存，这是一个不招人待见的工作，类似于收破烂的，但利润相当可观，甚至有些当铺里的下架样品近乎白送。因为他们没时间处理零零散散的，堆在库房里就更无人问津了，大老板哪有精力在意这点儿散货。厂里更新快，这里刚下架的，市场上正流行。

我把这个让我欣喜若狂的发现告诉家人。可他们咬死了天上不会掉馅饼，让我赶紧回家。上两个店我说卖就卖，他们有阴影，怕我持续不靠谱，死活不投资。

我讲信息不对称和时间成本的道理，他们嘲笑我让人忽悠蒙了，那些人太聪明，我这两下子，把我卖了还帮人数钱乐呢。把我气得，好不容易从谷底里挣出来，没想到让家人乱脚踢回去了。

以暴制暴是蠢货，所以这把不能来横的。他们老了，我长大了，只能慢慢地哄，智取。

足足想了一天，烟比平时抽得猛。分析每一个家人的弱点、性格。晚上回到住处接着想，怎样能把钱哄到手呢？这次遇到的商机一定行，那批可口的货再不下手卖给别人太遗憾了。

这糟老头宁可养我也不投资，我就那么差？

细想还真是，自私、自大、自我都是我。自以为是和啥也不是的界限太模糊了。平时感觉不到自己有多弱，遇到事儿了才明白原来自己属于啥也不是的类型，一直都是脾气比本事大。

算好时间，我估计爸妈已经吃完饭了，打电话，电话不打通，我的晚饭咽不下去。

"妈，干啥呢？嘿嘿。"

我的声音非常暖，很有亲和力。这两天因为要钱被骂好几次，也吵了好几次。急用钱时卑微点，跟他俩要脸有啥用？处这么多年了。毕竟我不但不想被养，还想让他们过上好生活。

"看电视呢。"

我妈的声音很正经，语气有点冲，偏严肃，貌似准备好了一言不合就开骂。

"哦。我爸在家吗？"

"打麻将去了。"

"哦。"

"你打电话干啥呀？"

"我没事，想你了，问问你们干啥呢？"

"啥时候回来呀？"

"我回去干啥去呀，妈？"

"你在那儿能干啥呀？"

老太太的火山口已经开裂，有喷发的迹象。

"我准备找个建筑队，上工地盖楼去。"

"扯淡，再掉下来摔死你。懒得要死还上工地呢？"

"我走投无路了，妈，只能干体力活儿了。不然，咋整啊？"

我的语气忽然变得唉声叹气，必须有代入感。

"早点回来吧大儿，研究研究干点啥。离妈近，妈也放心。"

"你说我回去能干啥？除了小商品我啥也不懂。现在只能出力，那我还不如在外面打工呢，工资还高。"

我妈果然好骗，新店又开起来了。

这次没有自欺欺人。现实的打击让我觉得面子是个没用的东西。以前进货抬头挺胸，收库存就得点头哈腰。跟我比，义乌都是大老板，大老板看你顺眼真不差小钱。

以前开店虽然不靠谱，但积累了很多经验，所以这个店超乎想象的好，物美价廉非常火爆。从搬箱子的劲头就能看出来，我彻底变了。

尤其夜市的晚上我和三姐忙不过来，还得雇两个伙计。每天的营业额就像当年炒货接订单时一样令人振奋。全家欢喜，我妈经常毫不留情地夸我。

在夜市临时租了半年房，房子两层没有床。我每天跟几百个箱子住在宽敞的二楼，后来被蚊子欺负到闷热的帐篷里了。

有一天晚上 10 点关门后，三姐没急着走。她在夜市买了点吃的，跟我上楼数钱，再乐一会儿。

"弟，要不你上俺家住吧。这儿太遭罪了，我估计没事，不能丢。"三姐看着我的帐篷心疼地说。

"拉倒吧。楼下窗户都没有护栏的，一砖头就进来一帮人。我这儿挺好，就是看着不太好。赶紧走，我送你们回家。"

"这回你好好干吧。现在多好。我感觉我进步也挺大，第一个店的时候我都不好意思跟顾客说话。现在还跟你学会忽悠了呢！"三姐开心地捂着嘴笑。

"走吧！"我咯咯地笑着说。

在家人那输掉的口碑又赢回来了，不但赢回来了，还饱受赞誉。那段时间他们看我的眼神都不一样了，顺眼。

半年后，新店又大又漂亮，还有舒适的床。摇身一变，我又是个过得去的小老板。找回做事的激情真不错，经历过生存危机之后，现在所拥有的一切让我感到无比踏实和满足。看来，我不是废物，似乎还有很大的余力比现在更好，慢慢来。

老中医

眼病是个事儿，我没有放弃任何治病的机会，大姐也一直通过她的渠道打探国外对这类病的实验进展。

三姐夫偶闻江湖神医治好过很多疑难杂症，不差钱儿，但求奇病解烦愁。这境界确实像神医。一大早我们就满心期待地开车去了神医所在的小城。

神医所在是个中药铺，慕名而来的患者确实不少。

神医的气质高傲冷漠，有点奇奇怪怪，高手大概都这样吧。他完全不听我在大医院的检查结果和病症，就把脉。那个自信劲儿让我对他的技术有所怀疑。把完脉就直接在单子上写了一篇看不懂的药方，我想让他先了解我的病情再下手，他不听。

"信你就吃，不信就不吃，就这么简单！一个月为一个疗程，吃完回来我再把脉。不信你就把药方给我放那儿。"神医不屑地说。

我把三姐夫拉到外面。

"这啥玩意儿？走吧。还神医呢？神经吧。"我生气地说。

"听他的吧，就五百块钱。人家说得也有道理，肝管眼睛，给你调理肝脏也对。万一好了呢？他真治好老多怪病了。"三姐夫不甘心地劝我。

我妈听说才五百，必须开药，五千、五万也得开。开了一堆药。一天三顿，一顿一大把，十几天后肾脏就开始隐隐作痛，二十几天后我的腰都快直不起来了。距离一个疗程还有最后几天，我的视力完全没有好转的迹象，把我气得把药全撇了。

肾不疼了以后，一个外地朋友的妈妈黄斑病变吃中药好了，他也说西医没有办法，让我去正规中医院试试。

我直接挂了个名气最大的专家。坦白地讲，我没抱什么希望，害怕失望。但是她给了我希望。

"黄斑病变。北京也去了，都没办法。"我平静地跟专家说。

"黄斑病变我治好很多了，明天把病例带来我看看再说。"

她的自信让我对她充满信心，这自信是那么真实，一定是治好很多的成就感堆积出来的。那一晚是真高兴。

第二天我早早带着病例来找她，她看完开始迟疑。

"你这情况很特殊，非常少见。我没有把握一定能治好，但可以试试，反正治不好也治不坏。"

她的犹豫瞬间扎爆了我对她充满的信心。这犹豫那么没有底气，她的话就像从一大堆问号堆起的墙缝里钻出来似的。

思量后，我放弃了一个多月一万多的活体实验。

我妈想让我试试，我哪有时间，店里那么忙。

慢慢地，红绿灯也看不清了。当我得知残疾人证去景区免门票的消息后笑了，查了查估计能办个四级。

残疾证

和家人说办残疾证的时候家人坚决不同意，尤其我爸，生气了，他觉得我脑子进水了。因为办了我就是残疾人了，不办就不是。让别人知道是残疾人不好，娶媳妇更难。可是有残疾人证很多景区的门票都免费，我有那么多想去的地方。

有朋友玩笑地劝我拉倒吧，办证有啥用，我这眼神去景区能瞅清个啥？白瞎景了，不如他帮我看看回来告诉我，路费我出，门票他自己买。我就狠狠地回他个"滚犊子！"

出门在外那么多景区，有这条件不办证，脑子进水了！

办证的时候大厅人很多，一个月只有这一天能办。各种老弱病残啥都有，有些一看就是装的，有些就不是，个个看着比我都可怜。有个老头坐在轮椅上，医生让他抬胳膊。

"抬抬抬，好，用力，抬。"

老头终于奋力抬起来了。

"大爷，您这个不行啊。不够办残疾证的标准。"

到我了。

"你干啥？"

"我办残疾证。"

"给谁办啊？"

"我。"

他一愣，上下看了看我不屑地问："你咋了？"

"眼睛。"

"眼睛咋了？"

"黄斑病变。"

"病历带了吗？"

有个牛叉的病历残联拿我也没办法，看完病历替我惋惜了一下然后让我去医院体检。

我们这儿的小医院也不太懂这病，大夫召来几个实习大夫看我的病历。他们边看边惊叹，我就给他们讲课，内容是我的症状和大医院大夫的说法。随后实习大夫跟我商量想用手电看一看眼底情况，长长见识。我一看都这么好学，就给他们瞅瞅吧。男的我就不说了，女的年轻漂亮又认真。

"有区别吗？"我小声问，怕嘴里喷出的气喷到她。

"那能没有吗？不一样。"

"那看完了吗？再照一会儿我怕出问题。"我笑着说。

"哦。好了好了，谢谢谢谢。"她羞愧地连忙关了手电。

后来测视力的时候能看清我也说看不清，硬赖了一个视力三级残疾证。不过占的便宜日后迟早一点点还回去，省得去升级了。

拿到证的那一天非常开心，迫不及待地想找个景区逛逛，就这种心情。

走进爸妈家的平房。我爸正半靠在沙发上看电视，眼皮也半关着，似睡非睡。

"爸。下来了。"我举着小红本晃一晃，十分骄傲。

我爸抬眼看了一下没搭理我。不但没搭理还烦躁地快速换台，找不到好看的节目。

"你看你还生气了。多好啊，你知道多少人想办办不下来呢。有个老头坐个轮椅，大夫让抬胳膊，他也实在，使劲往起抬，抬起来被告之回去吧，办不了。我当时差点没笑出来，到我这儿能看清我也说看不清，反正他们也不懂。"我从门口走到里面嘻嘻哈哈地笑着说。

我爸坚持不搭理我，一边听我说一边换台。他难过了，他儿子是残疾人了。

"你知道我上次出去玩门票多花多少钱啊？去那么多地方，最少得多花三千，多可惜，能买头大猪了。"

"啥猪三千块一头？现在排骨才十块钱一斤。"我爸终于想开了。

"就是。能买多少扇？那炉它不香吗？"

"别跟别人说有这证。"他长叹一口气说。

"我又不是偷的，我凭实力办的。"我说完拿起水杯灌了半杯。

"难道还是好事儿？"他顿时又生气了。

"你就想不开，已经这样了能好啊？能省点是点。反正我又不找媳妇，我怕啥？"我又扒了根香蕉往嘴里捅，捅进去香蕉就掉半根，嘴大香蕉小。

"就你这样的不找媳妇以后咋整？我跟你妈能管你一辈子啊？"

"有的是招儿，别怕。"

证下来那儿天我心情有点异常亢奋，偶遇同学还跟他炫耀了一番是凭实力拿证的。我越是兴奋越觉得不对，一个人躺在小屋的小炕上思索，这有啥可兴奋的？

我爱旅游，之后的几年我凭一证在手确实省了很多钱，最差也是半价。不花钱进景区的感觉非常好，至少比花钱的心情好多了，纯属锦上添花。每次免费踏进景区大门后都忍不住窃笑。

我甚至有一次收货的时候为了砍价都提到自己有证，因为那老板人很好。他给我便宜了很多，算是对我的安慰。事后他的安慰让我觉得自己很恶心。我有必要用这招儿吗？这不是凭实力砍价。

还有一次，一个在线上卖货的男人要在我这儿进货，他比我大几岁，是股骨头坏死，估计证也是赖来的，走路都不用拐。

"哥们儿，便宜点儿，照顾照顾。我是残疾人，有残疾证，不信改天我给你带来看看。"他理直气壮地跟我砍价。

这番话让我很反感，甚至感觉他离婚都不是因为有证。

"证我也有，所以咱俩谈不上谁照顾谁，扯平。货你觉得便宜就要，不便宜就不要。"我是笑着说的，我知道那有多讽刺。

"行。那就这么着吧。"他冷笑一下，表情很失望。

"你等会儿，咱俩没完。"我叫住他。

"那你想咋的啊？能给我便宜啊？我就是个做小买卖的，一天卖不了多少，挣点生活费，你就给我便宜点呗，你又不差这一点。"

"没事了，你走吧。"

我本想告诉他技巧不对，那次我跟人提有证不是这么提的；又觉得他确实不讨人喜欢，又不想教他了。

他走后，我把他微信都删了，朋友圈里不是喝酒就是唱歌的，一本好书都没有。这种人没价值。删了后我又思考起来了。何必删了他呢？何必以这种态度对他呢？我是怕我自己也这样吗？

东北的夜市10月中旬差不多就结束了，我在夜市的商店也就到了淡季。毕竟有个一年不如一年的眼病，闲得太狠时也会想以后怎么办。

晚上关门后，一个人坐在吧台看电影。商业电贵，舍不得开灯，店里灯太多了，就只开一盏台灯。放松眼睛的时候看别处都是朦胧的黑，又勾起失明后的联想，这是很有可能迟早要面对的。反正无聊，不如趁着还没瞎抓紧适应一下失明后的生活，免得到时候抓瞎。

店有两层，我住在二楼。在一楼看完电影，我准备开始练习失明，挑战洗漱、上楼、脱衣、睡觉，全程闭眼。听起来简单，没几步就踢到货架上。我坚决没睁眼，手到处乱摸，试图摸到我熟悉的东西就知道位置了，大脑计算着下一步记忆里的场景。

我开始变得蹑手蹑脚，凭着记忆向前摸索，非常憋屈，心里有点慌，到了卫生间忘了地上装水的盆，一脚踢翻。一气之下决心不练。

第二天晚上想想还得接着练。于是非常小心，这个看似很简单的过程我用了比平时多十倍的时间。挑战成功。

我要不是真有病也不会练这本事，就像我也不会刻意去练习瘫痪一样。可谁能确保这一生绝对不会瘫痪呢？恐怕连瘫痪的人在瘫痪前也没想过。

"练练？"

大脑一热，当时就上网买了双拐。轮椅太贵觉得没必要，也没地方放。现在练不练不重要了，想到别人看我拄拐的表情，一定很好玩。

拐到家的时候我不在家，三姐看到拐当时就蒙了。我竟是在省城的大姐那儿得知我的拐到家了。她试探着问我些平时不聊的，也问我已经快被大家忽略的眼病情况。我感觉她的思路有问题，就让她有话直说。当时我在另一个城市回家的大巴车上看到她的问题笑出声。

突如其来的双拐让家人多了很多不好的猜想，毕竟这不是一个好端端的人该用的东西。

回到家后我直接问三姐拐在哪儿。

"不知道，扔了。"她瞥了我一眼，继续往货架上挂货。

"哪儿呢？快点的。"我充满期待地笑着问，自己找了起来。

"你是不是有病啊？你买这玩意儿干啥呀？"

"玩。"

"看我不给你告咱妈，让咱爸给你这破玩意儿踹弯弯喽。"
她相当嫌弃，就好像我带回了瘟疫。

爸妈知道后果然把我一通骂，正常人谁玩这玩意儿？

有一天，我坐在吧台里正琢磨怎么挣钱，这是正常的成年人
经常思考的问题。发小突然出现在店里，大超的伤腿已经恢复到
脱离双拐，但还是很瘸。他是个货车司机，春天在一次事故中右
腿粉碎性骨折。

"哎？这不是大稀客吗？快坐，腿恢复得咋样了？"我连忙
起身给他让座位。

"还行。恢复得挺好的。"他久违地笑着说。

"这段时间一直在养伤呗？"

他忽然注意到我椅子后面靠在墙角的双拐。昨晚玩了一会儿
忘带回楼上了，就静悄悄地立在那儿，店里来过很多人就他发现了。

"哎？你那是啥情况啊，给我准备的啊？知道我要来？我现
在用不上了。"

"我的新玩具。"我不好意思地大笑着说。

"你有病吧。玩啥不好玩这玩意儿，赶紧撤了或者送人。"
他认真又紧张地说。

"不常玩，昨晚忘拿上去了。"

"你赶紧撤喽！我不是吓唬你，跟我同病房的有两个都是先
有的拐后挂的拐。"

"净扯淡。我不信这一套。"

"你不能不信，有时候这玩意儿真说不好。"他态度非常认真地说。

"他就是有病。"三姐在一旁冷冷地说。

"确实病得不轻，你咋想的呢？"他无比诧异地说。

"我就是想看看你们的反应。不是这种反应，是我挂拐的时候你们看到的第一反应。一直没敢出门玩，怕邻居看着也觉得我精神不好。"

"完了，更不正常了。"他被我一直没停的笑也带笑了。

他很迷茫，是来问我有什么事可做的。腿伤让他丢了饭碗，即便腿伤好了他也不打算再开车，心里也伤了。我只说了我眼睛坏了以后面对现实的心态。我觉得做什么不重要，先站起来才重要。

过了几天，几个都有自己小车的朋友叫我去喝酒，一男三女。我们也有些日子不见了，我之前忙他们都知道，现在闲他们也知道。这次叫我去喝酒的方式很特别，他们把手机立在大酒杯前，屏幕是我的照片，用另一个手机拍视频呼唤我。

"大叔。来喝酒啊！"伴随着三个女人的笑声。

我觉得好奇，就去了。我想让事情变得更好玩，就带了双拐。

天空飘着小雪，我拎着双拐飞奔上一辆出租车。下车的时候就开始进入状态，挂起双拐，关车门时听到司机的惊叹声。

本打算只让一条腿出问题，一想是双拐，还是两条比较合理。我架着双拐拖着双腿往饭店的屋里钻。头一次正式用不太熟练，门口的珠帘挂在我身上搞得很麻烦。服务员很快过来帮忙。

"先生您是？"她有点束手无策，不知道怎么帮我。

"找人。三个'6'是哪间屋？"我表情平静地说。

"哦。在里面，你慢点，用不用我扶你？"她看我的眼神还是很奇怪。

"不用。"我说完直奔里面走去。

我注意到很多人都在看我，可能是门帘搞的动静有点大，也可能是架双拐来这种地方的人很罕见，所以惹眼。还有可能他们没见过架双拐像我这么快的，我像逃一样往里面赶。其实我内心很不自在，故作淡定。

当我出现在约我的几个人面前时，他们的笑声戛然而止。他们惊愣地盯着我，都在问发生了什么。

我一转身坐在固定的靠椅上，腿是瘫痪的，拧在一起是我用手摆顺的，位置离酒桌有一点偏，就撑起屁股挪了一下，然后再把腿一条条摆好。

他们的眼睛还盯着我，肉也不吃了，酒也不喝了，焦急地等待我的答案。我知道他们很着急，却不慌不忙地倒满酒，脸上是憋不住的神秘，想笑。这表情让他们开始半信半疑。直到我站起来原地踏步几下才证明我没事。腿是没事了，他们又认为我的精神出了问题。

这事儿给他们的冲击力挺大。我本以为他们会瞬间爆笑，结果没有。他们看我的表情很陌生，陷在应该笑又笑不出的尴尬情绪里。

"我就是想看看你们什么反应，看完了，咱们喝酒吧！"我实在忍不住笑着说。

"哎妈呀。我这心哪，还没缓过来呢。"正对面的朱娟说。

"就是啊。你咋想的啊？几个月不见你咋变成这样了呢？"斜对面的大漂亮说。

"他就是有病，从小他就跟别人有点不一样，长大了这是发病了。下次我说咱们出来别叫他，让人以为咱们也不正常呢。"旁边胡哲说。

"来。干酒。"我端起杯笑着招呼大家。

几杯酒后才回到我们以往喝酒的状态，嘎嘎大笑。

几乎每次都一样，喝到后面他们就各诉各的苦，期望大家能解决他们的困惑和难题。女人们基本上是钱不够花和爱她们的人不尽如人意，或者她们爱的人让她们不满意。胡哲已经苦得什么也不想说了，他的问题是不知道该爱谁，不知道谁爱他，在不同的女人之间迷失了方向，钱也不够花。

活生生一个比惨大会。

我才懒得劝，都说我不正常，就好像正常人活该不开心似的。

我们每次喝完都意犹未尽。大家都是单身，比较自由，酒精催化着情绪，让我们总想像以前一样充满活力。我们也时常感慨，怎么就突然30岁了呢？

想当初，半夜喝多了去寺庙敲和尚门干过，半夜上山放烟花干过，半夜去水库等日出干过。这一回大家想不出什么特别好玩的事。事实上，近两年我们每次纵情宣泄情绪后的第二天几乎个个都精神萎靡，浑身虚软。一闹闹到后半夜，这几具30来岁懒得要命的肉体哪经得起这般折腾。

又快凌晨了。我们的去向跟我们的生活一样没有方向。

"咱们去哪儿玩啊？"后排的大漂亮问。

"就是啊。这么晚都关门了吧。"朱娟说。

"就只能唱歌了。"胡哲说。

"不去。没意思。"小娇说。

"回家吧，我想回家，送我回家。明天还得干活儿呢。"我说。

"干什么活，好不容易聚在一起。"小娇说。

"快说呀。咱们去哪儿啊？"大漂亮说。

情绪很快就落了下来，跟他们的生活一样，想干点什么，又不知道干什么，很快回到他们各自的不爽中。酒精能让快乐更快乐，也能让悲伤更悲伤。三个女的在后排相互依偎，我和胡哲在前排。

"要不咱们去火葬场吧！那儿现在一定很安静，能让你们静下心来感悟一下人生。"我说。

他们都说我有病，都不想去，也不敢去。于是我们纷纷各回各家。

双拐玩一回就够了，一直放在仓库里没人在意。

第二年夏天，我妈的腿掰了一下，左腿半月板撕裂。我使出浑身力量把我妈背到二楼，小心翼翼地放在床上，让她老老实实躺着。拐已经立在床边等她了。

"看，妈。这回用上了，都不用现买。"我幸灾乐祸地笑着说。

她无奈地笑着骂我一句。

第六章　爱情这个东西

　　跟初恋分手那天，我专门骑摩托车去鱼塘看了我们当时种的那棵树。树死了，叶子落了一地。我想这下肯定没戏了，自己对着夕阳，抽了一支烟。

催婚

我的生意逐渐步入正轨，状态也逐渐转好，我妈开始再度提起相亲的老茬。

爸妈内心还是希望我能结婚生子，过跟大家差不多的生活。晚上视频的时候，我妈问：

"你现在到底有没有对象啊？"

"哪有啊？我神经病啊，我找那麻烦。我一个人好得不得了，又没受刺激，为什么要找对象呢？"

我坐在电脑前，电影暂停，对着手机屏幕边说边啃苹果。

"大儿啊，你受啥刺激了这是，咋就不能跟别人一样呢？妈都要跟你愁死了。"

"从小到大你就说跟我愁死了，到现在你咋还活着呢？"我说完大笑，也觉得这么说不太好。

"现在你就盼着我死了，是不是？"

"妈，我跟你说，现在呀，谁也靠不住，就爸妈能靠得住。你俩要没了我也不活了，活着没意思。"

"你能靠我到啥时候啊？就你这眼睛以后连个孩子都没有谁管你啊？你不能光为眼前活着。"

"生我算你们点好，我以后肯定养你们老，我能生出个啥玩意儿我可不确定。现在养老有的是招儿，有钱能笑死，没钱，有儿女也是愁死的。"

"不跟你唠了，没一句正经话。"

我妈挂了视频。视频挂了我多少有点失落。我哪是不想找媳妇？暗地里一直偷偷关注幕遥，她虽然一直单身，感觉生活也很好，我有什么资格去打扰？我又能满足她什么？

大年初二去二舅家拜年。二舅的二儿子我叫三哥，因为大舅的大儿子排行老二。他20岁的时候在一次矿难中双目失明。35岁时有过一次闪婚，从相亲到婚礼只用三天。那年我正值青春期，在电话里偷听我妈和三哥的大姐探讨如何攻克男性性功能障碍。我们家的座机电话是串联的，我在另一头大气不敢出地认真偷听。

天哪！这两个农妇看起来只会干活儿，怎么懂这么多？

婚礼到新娘消失只用了两周，气得全家恨不得打死那个女人。新娘跑了生孩子就没希望了，没有孩子的往后余生还有什么希望？那次三哥赔了很多钱，还留下一个谜，没有人能确定三哥有没有跟她发生过关系。成为谜的过程中，三哥到底承受过多少灵魂拷问呢？

他们希望发生过关系，这样似乎就没那么大的损失了，而且好像那样以后，三哥的人生也算圆满一点。之后的十几年三哥就再没张罗过娶媳妇了。

我总是偷偷地观察他的神态，试图预知没有光的内心是怎样一种状态。他的状态总是那么平静，这般平静细思极恐，是无数次绝望沉淀的结果。

他的耳朵非常敏锐，能在复杂的环境里听到常人看不到的，能找到别人遗忘的东西放在哪儿，我想这些本事以后我也会有。

他总是一个人坐在角落里认真听电视或者听别人聊天，很少发言，只是认真地听。近几年加入了基督教，成为一个非常虔诚的教徒，经常参加聚会，以此极大填充了孤寂的内心。我没见过他聚会时的样子，我猜一定有人用心听他说。

他的工资在农村生活绰绰有余，据说他把大部分钱捐给教会，家人对此很不理解。可怎么就不想想他为什么要这么做呢？

我们在嬉笑中要离开二舅家了，三哥也默默地站起来为我们送行，只是默默地站在角落里，什么也没说。

"三哥，我走了。"我特意说了一下。

"啊，走了，没事常来。"他忽然一愣，然后笑着说。

"好嘞。"

大年初十，大舅的外孙结婚。我比他大两岁，去了，被催婚；不去，我妈不高兴。

人多时我喜欢找个角落立着，这跟我的视力不好有很大关系。谁的脸我都看不清，不说话显得傲，所以我就躲在不需要主动跟人搭讪的角落，这样不会失礼，也能避免些不必要的麻烦。

我正和另一个即将结婚的外甥聊他装修婚房的事，尽我所能地给点建议，毕竟我很能开店，装修过很多房子。

我的肩膀被重重地拍了一下。

"大兄弟，你能来二姐可真高兴啊！你可是个大忙人儿，真没想到你也来了。"

二姐是新郎的妈。头上戴个小红花,精神头跟所有新婆婆差不多,美得很。

"二姐,这小花太好看了。"我看着她头上的小花说。

她自然很高兴,有点害羞又很骄傲,哈哈大笑。

"大兄弟啊!俺家你大外甥都结婚了,你这还挑啥呢?可别让我老姑跟你操心了啊!赶紧的!"

"嗯。我抓紧。"

我是有战术的。今天她忙,没空多聊,应付即可。很久不见的老舅就不一样了,他闲,在这闹吵吵的环境里好不容易在角落里又抓到我,还能聊什么呢?

他刚才已经说了我一阵儿,上一句我的答复是有女朋友,而且那个女朋友是他心目中该有的样子,我有很多种女朋友针对不同的人。目的是让他们暂时安心,反正过后大家各自忙。这次从老舅的状态里我猜到他知道我把他骗了。

揭穿我的不是我妈就是我爸,我已经被他们揭穿过很多次了。不过,如今我爸妈揭穿之后总要补上一些安慰,劝他们别理我,操不起这个心。我爸妈能去安慰别人说明这些年我的思想工作没白做。这件事对爸妈一定要有耐心,他们要的是子女幸福。要是真不想结婚,你要证明的不是你有性格、你与众不同、你无能,而是你有能力一个人也幸福。

最后老舅使了绝招,他拔掉假牙举在我眼前说:

"你看!老舅馋你喜酒馋的,假牙都馋掉了。"

"你咋那么馋呢？"

一股虎气上了头，我大声呵斥他。我们在大笑中结束这个话题，他也知道我们这样的人不喜欢谈论这些。

大爷

曾经的我在婚姻这个问题上没少让家人操心。那可谓千方百计、苦口婆心。把我妈愁得常拿我大爷的亲身经历刺激我。大爷是我最亲近的负面教材。

2007年，距离过年还有两天，大爷倒在大雪纷飞的早晨，被一层白雪覆盖着，死在路边。而他的生日是大年初一。

他的葬礼很草率，直接拉到火葬场准备火化。

他的遗物寥寥无几，一个小账本成了葬礼上的谈资。上面记录着：

9月2号，莉莉30元。

9月17号，芳芳50元。

10月4号，玲玲20元+一件毛衣（共计：45元）。

…………

没人搞得懂他记这些干吗。

我爸让我去买寿衣。走进寿衣店感觉那里阴森森的，灯光也很暗。

"老板，最大码的衣服都多大、多少钱？男装。"

干这行久了的人总感觉有一股不凡的气质，他们管这叫阴气儿。这女的阴气儿就很重，她笑着靠近我，我就想往后退，但是我没动。

"多少钱都有。188，288，388，更贵的还有。"

"我看看388的啥样。"

她翻出一套最大码的给我看。

"你拿错了吧。这看着188也不值啊。"我从袋子里拽出衣服说。

"没错，孩子，都这玩意儿，穿一会儿就烧了还想要啥呀？"

"你就说最低多少钱吧，这啥玩意儿啊？这破料子，别人家也不是没有卖的。"我一副不便宜我就不要了的态度说。

"哎呀妈，孩子，这种东西你也讲价，这种东西不能讲价的，对死人不好。"她惊讶和鄙视地说。

"我不信那一套，死了还有什么好不好的，我就后悔他活着我没好好对他。你这玩意儿不值，还388呢，188都不值。赶紧说个价。"最后我以260的价格拎走这套衣服。天空还在飘雪，我拎着衣服听着脚踩雪咯吱咯吱的声音往火葬场走。

离他越近心越沉重。

我以为我不会哭。看到尸体被随意摆在地上的那一刻，泪水突然冒了出来，我蹲在他旁边试图看清他的相貌，虽然很恐怖，却能清晰地回忆起他因为我好而默默笑的样子，因为我不好而默默发愁的样子。

就是默默的，因为他的悲喜无关紧要。

其他人都在议论他鳏寡孤独的一生，没完没了地笑谈小本子。他们对大爷的总结是死了就享福了，小本子让他的人生精彩得无人能及。

我的泪水滴落在大爷尸体上，很快被人拉开。

"好了好了，别哭了啊。你大爷死了是好事，他享福了。快起来，眼泪掉死人身上对死人不好。"二叔边拉我边说，在他另一边还有个人拉我。

"都别碰我！"我用力一甩，挣脱他们的拉扯。

难道嘲笑比眼泪对死人更好？我的咆哮终止了嘲笑，他们意识到还有人在意他死了。

大爷年轻的时候在南北二屯也算是个名人，有手艺，会在家具上画画，人长得也精神，很多姑娘都想嫁给他。

我出生那年，大爷还是单身，只不过离了两次，一个不能生育，一个跟人跑了。一直到我六七岁的时候，他迎来了第三次娶亲。我对那天的印象就是和叔家表弟满心等着点炮仗，新娘不到，大人不让点，我们心急如焚，一直等到天黑人散尽也没听着响。

第二天我和表弟商量完决定铤而走险，去大爷那儿要炮仗，这事儿大人不让去，可我们太惦记炮仗了。

大爷依旧穿着昨天的新棉袄，新到只有新郎才好意思穿。他很憔悴，发型凌乱。但我们只顾着分炮仗，你一个我一个，一边揪一边查数，查错了就重查，谁多一个少一个都不行，要是出单就撅开放刺花，结果被大爷轰了出来。那是第一次看大爷对我们发那么大的火，平时他对我们都很好。

我讨厌大爷，可他对我又那么好。我跟三姐挖野菜，挖完就往他那儿卖，一筐5块钱，那年头5块不少了。后来大爷实在吃不完就和我们商量，菜不要了，给两块打发走。唉！我小时候太贪心，想方设法地也要把菜卖给他，后来让我妈给揍了。挨完揍，我就不理他了，看到他都没有好脸色，他就拿好吃的、好玩的哄我。

他跟我爸妈一样，听到我有好成绩会很高兴，也会简单粗暴地砸钱鼓励。

后来他老了，也穷了。一个人的生活很邋遢，连炕也懒得烧火，肚子因为着凉胀得比临产的孕妇还大，很脏，走到哪儿都让人嫌弃。每年过年爸妈都派我把大爷接到家里吃年夜饭，我们小孩都嫌弃，因为他脏，鼻涕和痰也多。等我到了在农村该谈恋爱的年纪时，很多次他美滋滋地上下打量我的外形，然后让我搞搞形象，梳个大背头，戴副墨镜啥的，他说这样好找对象。那时候要是大老板这么劝我可能觉得有道理，他的话我懒得听。

他几乎每天都来我们家几次，有时候也不说话，只是看看就走。大爷喜欢我们家的热闹，人多，二姐、三姐不但没嫁出去，还拐回来俩，又生俩。他总是看着我们开心地在一旁跟着笑。

当年他还提过让我三姐给他当女儿，结果谁都不干就罢了。倒是我三姐长大后经常去给他搞卫生，他随着年龄增长是越来越邋遢。

他不是一个安于寂寞的人，从他每隔一段时间就梳妆打扮去一次县里就知道。

114

他守着磨米厂过了一辈子，厂房和设备跟着他一起变老，从辉煌逐渐走向衰老。厂里的蜘蛛网挂灰有筷子那么粗，布满整个厂房。他越老活儿越少，活儿越少他越老。

他习惯了一个人吃，一个人睡。有几次我看到他蹲在炉子旁吃锅里热的剩菜。看到我，就笑着问我吃没吃，他也知道，我吃没吃都不会在他这儿吃，所以只是问问，不然也没什么可说的。

老房有两道很深的裂缝，一到冬天我和表弟就跟着他一起往里面塞破棉花，在外墙围上塑料布。后来我爸当村主任，拿下一个危房改造的名额，跟我叔帮他重建了房，算是过上了舒服日子。

老房子的女明星画也跟着一起住进了新房，那女的从我小时候就一直跟着他，一直没见老。好几个人都劝他别挂了，他就捧着画害羞地笑。后来还是挂上了。在他火化的时候烧给他了，也不知道那女的现实中是否还活着。

在我的印象里，他一直是个性格温顺的人，很少与人争吵。别人开他玩笑他也不生气，对关于他的负面传言更是不在乎，那股沉默的浅笑就好像在嘲笑他们知道个屁。

他开始病了，病种越来越多，肺心病、超高血压、超高血脂，等等。他跟我爸说过几次想去看病，我爸忙得只说"嗯"，没说陪。

后来我成了陪他看病的最合适人选。他住过三次院，医院一次比一次大，他也越来越穷。有次我办好手续后有事离开，换表弟来陪他，等我再到医院的时候周边病床的人都责备我，让我别再离开。我在别人的语气里感受到大爷有多可怜，可能比我想的还要可怜。

表弟那两天只是把饭送到就去网吧。但大爷没有一句怨言，只是看到我很高兴。我在他眼睛里看到恐惧和自责，他怕我离开，又觉得没有资格让我陪护，他怕麻烦我，自己能做的事尽力自己做。

那年我血气方刚，遗传了我爸的暴脾气，总会因为他不听大夫话或者不听我的话跟他吼。其实他很听我的话，唯独出院这件事不听话，大夫和我都不让出院，他愣说自己好了，非出不可。他没钱了，又不好意思花我爸辛辛苦苦给我攒的娶媳妇钱，所以才死撅着要出院的。出院后恢复得还不错，算是逃过了一劫。

在我找不到出路瞎折腾那几年，整天把自己关在小屋里感悟人生。早晨不起来，晚上不睡觉。开始我妈骂我是废物，后来她找到更狠毒的话，她说我像我大爷。

渐渐地，我身边的同伴陆续都结婚了，我坚持不相亲。其实我心里有人，家里不知道。他们就发愁，怕我真成我大爷。

第一次分手没有经验，有几天把我难过得整天发呆、酗酒。我的床上有我、瓜果皮、食品包装袋、啤酒瓶盖及臭袜子之类的。

家人一进房间脑袋嗡的一下，被脚臭和烟味混合起来的味道迎面一击，鼻子一紧，眉头一皱，断定了我以后还不如我大爷。

有一天，我正坐在电脑前看电视剧，不响应劳动。把我妈气得刚说完我像大爷，大爷随后就来了。这不是巧合，那时候我妈常提他，他常来。不回头也知道是他来了。他总是悄悄的，呼吸声比脚步声大。不想跟他搭话，有点怕他那股黄痰加葱蒜的味道，有时候他一高兴笑起来还会整我一脸唾沫星子。

以往他只是看看我就走，这次他坐在我旁边的炕沿上让我很意外，他小心翼翼地将一个包了好几层塑料袋的文件袋放在我眼前。

我毫不在意地放在炕沿上，我知道是什么，轻轻地看了他一眼什么也没说。然后他用喉中有痰爬高山的状态给我介绍文件袋对他和对我的重要性。那里面是他的房产证和受益人是我的保险单，他语无伦次地说了半天，我终于不耐烦。

"拿走！我不在乎你这点东西，你也别给我攒，自己想吃什么买点，省得我跟你操心。你没钱了，我爸也不会看你笑话，住院我就陪你去，放心地好好活，我在忙。把你那玩意儿拿走，赶紧取出来花了，我没空经管。"我的语气烦躁又冰冷。

他很痛苦，也很无奈，试图再跟我说那些东西的重要性，我依然盯着屏幕无视他，手指猛按快进键。他最后小心翼翼地又把那些文件包好，默不作声地走了。

他刚踏出我的房门。

"大爷。"

他迅速停下脚步回头。

"你自己买点水果。把钱取出来花了吧，我真不用。"我的声音变得轻柔，说完又转过头继续看电视。

几个月后就在电话里听我爸低落地说他走了，死在路边上，地上有他挣扎的痕迹，应该是疾痛难忍，死于求生的路上。

我走出抑郁之后的很多年，再没听到有人说我像我大爷。

清明和家人去上坟，出发前我妈正在洗衣服，忽然叫住我说：

"别忘了给你大爷烧点，坟头压点纸，你不烧，那坟就荒了。"

"嗯。知道。"我搂住我妈,在她脸蛋上勾了一下说,"妈,你有没有觉得我现在越来越像我大爷?我大爷像我这个年纪的时候正经比我现在强呢,我觉得我要走他老路。找女人我是比不过了,这块我也不比了。"

"滚犊子!"她端着盆一耸肩,笑着把我的手臂抖下来。

初恋

过了 30 岁以后,身边的人还是搞不懂我为啥不想结婚,但是羡慕我单身的人越来越多。

我坐在吧台里看手机,翻通讯录,找找我喜欢谁,谁喜欢我。不是故意的,就是闲的时候偶尔研究研究,总共也没研究过几次。

三姐夫坐在我旁边,突然说:"前两天跟小坤聊了几句。他也不找媳妇了,看你一个人挺好。"

我抽了一口烟,灭了手机屏幕,好友列表里实在找不到能相互喜欢的人。我琢磨了一下说:"光看着好,他懂心法吗他?"

我只是习惯性吹牛,说完自己也憋不住想笑。

"别不要脸了,你懂?"

"他是找不着,我是不想找,不一样。"

我说这话不算撒谎,绝大部分时间真心不想找。首先,我很难能再找到跟幕遥那样有高度默契的人;其次,我适应了一个人,而且绝大部分时间觉得一个人不错。

到底是不想找还是懒得找，我也懒得搞清楚。不过爱情这个东西，我一直喜欢。

高一不正是荷尔蒙喷发的时候吗？不过我选择跟它战斗，因为我想上清华，所以我一边刻苦学习，一边苦苦克制自己对同桌小妍的惦记。唉……好辛苦。

小妍是我见过最可爱的女孩，天真、活泼、调皮。她学习不咋行，上课时总是憋不住要给我讲她刚想出来的笑话。我心想，老师正在讲重点，你扯什么淡？但我后来却依赖上她的笑话，她比所有老师讲得都好，有时还主动跟她要笑话。

我前桌女生长得像班花，实际上是个烦人精。她跟很多男生关系好。仗着人脉广，她总往后面挤我，我也懒得跟她计较，能忍就忍了。同桌也看在眼里，她用半节课时间精心削了一小堆铅笔铅末堆在桌角，轻轻一吹，全落在她的白毛衣上了。

我虽然觉得这样很不好，但我们还是为此控制不住地笑了后半节课。

有一天，我最好的朋友求我给小妍递封信。我看了看他的诚恳和激动，还有那渴望而无助的眼神。哥们儿嘛，这个忙帮了，也能让他早点死心另寻新爱。

他也配！

就是万万没想到，他们俩恋爱了，好了一个月我才知道。妈呀，我这个认真学习的态度对得起你。

我忽然对小妍的笑话没兴趣了，看我哥们儿总感觉像坨屎。

我告诉我自己，我不喜欢小妍，我要上清华。

后来的剧情你也知道了，我没上成清华，不久就退学了。

退学后的第一份工作是开了一个练歌房。那是我和好朋友的天堂，天堂有个大荧幕，歌唱够了我们也会用大屏幕看电影。

一个风和日丽的下午，百无聊赖的我们四个在练歌房里抽烟打扑克。一条花裙子在窗前的马路上姗姗飘过。她有一种神奇的力量，把我们四个吸引到窗前。白色的纱料衬衫，上面还有一些小花，被熨板撸得笔直的长发在空中飘摇。

她是我同学，她爸管我爸叫二叔，她妈是我二姐夫的表姐。她还有个姐，比她大两岁，也好看。这个种地大户家的两朵金花是我们村很多年轻人的心仪对象。我们家的光景在村子里也算过得去，一年比一年轻松。她走过了，却留在了我们的心里。我们一边打扑克一边谈论她，有说娶她太贵的，有说太瘦不好看的，有说适合我的。我啥也没说，只在心里暗想"你们等着"。

终于等到一个机会，也可能是我二姐夫故意创造的。二姐夫让我骑摩托跟他去另一个村接她和她姐，一人骑一台摩托。回来路上我故意放慢速度，最终停在被两排杨树包裹的沙石路上。

春天到了，树林里到处弥漫着荷尔蒙的味道。

"你下车，我有话跟你说。"我用脚支着摩托说。

"啥呀？你就说呗。"

"你下来。"

"我不下，有啥你就说呗。"

我心跳剧烈，表现得有点反常。她看到我的反常多少有点慌了，两手死死地抓着后货架。我没办法，只好自己下来。把摩托一蹬立在那儿，我立在她面前。

"我现在老紧张了，心怦怦跳。"我站在地上说，不好意思盯着她，又觉得不看她也不对。

"你咋了？"她两手还抓着后货架，就是不下来。

"你摸摸，跳得老快了。"

我伸手去抓她的手，把她吓得迅速把手藏在背后。

"你有啥事快说，说完赶紧走。我都害怕了。"

她生气地皱着眉头说。

阵阵春风吹拂着她的长发，在空中飘摇，有点微凉。

"我喜欢你，咱俩处对象吧。"

"哎呀快走吧！我都害怕了。"

她确实害怕了，我看她像根木头。其实我设计过很多情节，没想到搞成这样，太失败了。

"你给我个话呀，行不行啊？"

"哪有你这样表白的呀！太吓人了，快走吧。哎呀，真烦人。"

我以为没戏了，表白失败导致车速特别快，像疯了一样。到村口时速度没减下来，拐弯差点撞在停在村口的出租车上。吓得几个扎堆聊天的出租车司机四处逃窜，我没停，直接拐到她家。那几个司机的骂声越来越小，很快就听不见了。

她下车的时候一句话没说，头也没回直接往院里走。我看她走路的姿势怪怪的，都吓蒙了。

好几天我都很蔫，直到等到她的短信：你来俺家一趟，我妈我爸没在家，就我自己在家，我有话跟你说。

我立刻打起精神跑去了，走之前还在镜子前抓了抓头发。

没想到去了是谈判。

谈判很正式，问些你喜不喜欢我，介不介意我之前怎么怎么样之类的问题，都谈好了之后决定开始相处。

她觉得有必要做点什么留作纪念。想来想去我们决定在我家鱼池种棵树，这个地点我们探讨了很久，种在哪儿都觉得不安全，还是自家的地盘好一些，砍不砍还不是自己说了算。

我飞快回家拿了把铁锹来接她，她一看我的摩托犹豫很久不敢上，可没有别的办法，还是硬着头皮上了。

我们种完树坐在土堆上休息，正对夕阳，涌起一种拥有彼此的幸福感。我们相对笑一笑，笑得像傻瓜。

适合晨练的有两条路，一条在西，一条在南。她只说了见面时间，哪条路不告诉我，非要看缘分。我先跑到西，她不在，又疯狂跑到南还不在，呼呼地喘着气，心想这下完了。结果一打电话她还没起来呢，然后去了她家大门口等。

我心想，今天一定要抓住她的手。她在电视上看过，说第一次牵手很重要，如果牵得牢就是一辈子。

早晨格外清新宁静，看到久违的日出。我们悠闲地漫步在乡间小路上说说笑笑。我等了很久，找到时机，突然一把抓向她的手，她出于本能一下子挣脱了。

"你干啥？吓我一跳。完了吧？没抓住！"她又气又笑地说。

"这把不算。"

"哎呀，咋不算呢？真笨。再说你也太吓人了，突然一下，一点儿心理准备都没有。"

"你说咱俩都处多少天了？我不这样你也不让碰啊。"

回去的路很好，在我的一再恳求下，她挎着我的胳膊，我们一直在寻找同步。都没有经验，又不好意思太亲昵，就只能在混乱的步伐上努力达成协调。别别扭扭走了一路，挺累的，挺好的。

我大意了，她家是种地大户，没完没了的农活儿，那我都得干啊，后悔没有在秋收后再追她。一想到她家那么多地，压得我有点喘不过气来。不过跟她在一起干活儿不恶心，也不吐。

秋收割玉米时，我们俩速度明显比别人慢很多，他家人也知道我干活儿不行，一句怨言也没有，还总劝我俩歇会儿。

别人都是一镰刀割一排，我是一刀割两根，她更慢，一根一根砍，砍得不慌不忙。我们一人两根垄，为了跟她唠嗑我经常回来接她。要是被别人落下太远，都看不见我们，我就建议歇一会儿，她也很乐意，然后就一屁股坐在苞米秆堆上了。

"你以后想要男孩还是女孩？"她问。

"没想过要孩子的事。"

那时候我的心里还是灰色的，满脑子白日梦，但没有一个能实现，哪有心思去想孩子的事？

"不可能没想过，你们家为了生你，要了那么多孩子，你家肯定喜欢男孩。"

"我没想过。其实我不想要小孩。"

"那怎么可能呢？小孩是必须得要的。"

"那可不一定，我都不想超过60岁，到60还没死，我就自杀。"

"那你没想过你死了，跟你结婚的人咋办？"

"最好一起死。"

"你的想法有点不正常，上学的时候你就有点不正常。咱俩快干吧，太慢了。"她起身打打屁股上的灰说。

这个玩笑并不是完全没有诚意的，我内心确实那么想，知道大家接受不了所以才当玩笑说。

有一天，我偷走一张她的大头贴照片，照着画了她的头像，准备当成生日惊喜送给她，可鼻子怎么也画不像，最后画了个猪鼻子。她过生日那天我特意去县城买了两套情侣装，找了两个同在农村的同学为她庆祝生日。那是她第一次喝酒，没想到两瓶啤酒就醉得不行了。她家离烧烤店足足有300米，他们强烈呼吁我把她背回去，坐车见证不了爱情。

太难了，腿软了，冒汗了。

"加油啊！一半了啊！"婷婷幸灾乐祸地前后鼓励着。

"你要不行了我帮你背。"冷不准嬉皮笑脸地说，显然在嘲笑我。

我多次想就地趴下给她当张床，一直趴到她醒酒都行。可他们俩没完没了地给我加油，我又不好意思垮。

"你给我放下，我自己走，我能走。"她闭着眼睛趴在我肩头醉笑着说，像一坨肉泥，死沉死沉的。我的老天爷呀！背！背！背！

其实她对我很不满，跟我说都记在本子上了，等时机成熟了再给我看。她经常跟我生闷气。我也不会哄，懒得哄。女生真麻烦，净事儿。

有一天，她要跟我正式谈一谈。我知道她对我很不满。大中午约在我的练歌房里，她坐在沙发上赌气，我坐在工作台放歌，就放《喜欢你》《真的爱你》《我只在乎你》之类的。她赌她的气，我喝我的啤酒，谁也不说话。气氛很压抑。喝完第三罐，我心血来潮一掌把易拉罐拍扁了。我不是故意的，但把她吓一跳，也把我自己吓一跳。

"你就这态度啊？"她吓一跳后迅速站起来，说完就走了。

我也没追，因为我不喜欢她老生闷气。我连自己都压抑得不想活了，哪有心情哄她。何况我们两家太熟了，处得太好很容易就结婚了，我还没准备好要结婚。

最终因为我不太听她话被她甩了。那时候我那么叛逆，除了好朋友我跟谁都不太合得来。

难过了好一阵，悲观的我也懒得挽回，谁问也不说。她爸喜欢我，可惜她也不听她爸话。

初恋很短，很单纯，每每回忆起来都觉得那时的我们都很傻。连牵手都能让我心跳半天，那肌肤大面积接触还得了？

分手那天，我专门骑摩托车去鱼塘看了我们当时种的那棵树。树死了，叶子落了一地。我想这下肯定没戏了，自己对着夕阳，抽了一支烟。

第一次

跟初恋分手后的第二年，我去沈阳继续寻找远方和梦想，认识了小颖。她是我们装修公司的平面设计，很活泼，给我留下了很深的印象。但我太想家了，外面不好混，彼此间什么也没表示，我就离开沈阳了。

回家后我一如既往地混沌度日，梦想没有一个能实现，也没有爱情。我的朋友中有两个已经体验过那种事情，然后跟我炫耀。

在他们眼中，好像我这个处男还是个孩子似的，我有点不服气，我想成为男人。

那时候我和小颖偶尔会网上聊天。她聊天很逗，很多时候我心情不好就找她聊，她说什么我都觉得好笑。只不过我一直忙着郁闷，就把谈恋爱的事耽搁了，一年后才正式启动这个想法。

经过一个月的暧昧，我计划了一次大连旅行，她很期待。

我是以离家出走的方式消失的。

上车后给二姐发了一条短信然后就关机了。短信如下：

我离家出走了，别问我去哪儿，不用找，也找不着。不过你们放心，我就是去散散心，想开了就回来了。真要是想关心我，就替我哄哄咱妈咱爸，让他们别上火，上火也没用。

126

刚踏上哈尔滨开往沈阳的火车就开机了，心想这下谁也追不上了。火车迈着愉快的步伐向前跑，离她越近越兴奋。刚好进来电话，我以为是朋友大超，我和大超几乎天天在一起。

我在火车车厢连接处抽烟，噪声有点大。

"听说离家出走啦？"

"消息挺快呀，怎么样？刺激吧？"

"去哪儿啊？"

"必须大连哪！我不说过吗？等不起你们，我只能自己去了。我先去沈阳接她，我俩明天去。"

"你啥时候跟我说过啊？跟谁呀？有情况啊？"

"你谁呀？"我一看屏幕心里咯噔一下。

"啊。大姐呀。看差了，我寻思是大超呢！"我兴奋的语调一下就蔫了。

"刚听你二姐跟我说你给她发短信了，给她乐坏了。你处对象啦？"大姐笑着问。

"嗯……嗯。你给妈打个电话，别让她上火，我过两天就回来。"

我太难了，太尴尬了。

"行。既然都出去了就好好玩吧。钱够不够啊？跟女生别太抠。"

"钱够。你们别上火就行。"

本来离家出走是个丧事，大姐跟家里说完就变成喜事了，毕竟是去谈恋爱的，属于正事儿。为了不相亲，我甚至跟我妈说我生理有病，她非要带我去医院，我只好改称是心理有病。

到沈阳时已是凌晨1点。出站口，小颖穿着一身长裙、小布鞋，简直比夏日的晚风还清爽。恰逢世界杯，她带我去一家球迷聚集的烧烤店喝啤酒，气氛非常狂热，她看着我大口吃喝暖暖地笑着。第二瓶还没喝完，不知道哪飞来的酒瓶子就在我俩身边炸了，随后他们就打起来了，我拉着她赶紧跑。

有惊无险，跑到安全地方她才意识到手还在我手里，然后立刻抽了出去，羞羞的。

"怎么办哪，还没结账呢？要不咱们在这儿等着打完再去吧。太恐怖了，我快被吓死了，现在心还在怦怦跳。好刺激！"小颖边说边笑，显然没怎么害怕。

"都没吃饱我给他算什么账，走吧。碎玻璃没扎到你吧？"我一边想那一桌子肉串一边恢复平静，被吓坏了。

"没有疼的地方。"小颖的头像机器一样摆动，很可爱。

我被她送到离她家不远的旅店里。我看就一张大床想让她留下，她坚持回去住，因为就一张大床。我送她回家的路上我们时不时相视笑一笑，那种感觉大概就是爱情吧。反正我满脑袋都是想搂着她睡，这个念头让我遗憾得时不时地用身体撞她一下，她也回撞我。

到了大连也是晚上。我让出租车司机找个还不错的酒店。结果一晚上两百多让我有点为难，到房间一看浴房是全玻璃的，画面感若隐若现，第一次应该像点样，一咬牙就这了。

我的欲望再也掩饰不住了，她心情很低落，我怎么哄她也不开心。年轻就是毛躁，我洗澡的时候她始终面朝窗外。洗完，我就裹着浴巾钻进被窝了，死皮赖脸地就不出去，因为我一丝不挂，所以她也不好意思掀被子。她坐在床边背对着我低声说：

"我以为会像电影里一样，你睡地上，我睡床，没想到你这样。你要是能保证不碰我，我就不走。"

"行。别走了，我不碰你。"说完，我就把衣服穿上了。

我没讲信用，在被窝里手脚一直不老实，想方设法逗她开心，她一直背对我，先默认了被我搂着，然后不再反抗我的手伸进她衣服里。这个过程用时五个小时左右，她就是不配合，相当煎熬。

天快亮了，就在我彻底放弃念头的时候，她猛然回头趴在我身上吻我。

"你就是畜生！"

结束之后，她一动不动地抱着膝盖盯着地面说。

我正在整理被子，立马意识到冷落她了。

我带着愧疚的心情一直哄，怎么做都不能让她满意。直到她说娶她得一百万，我的心彻底累了，倾家荡产也没有这么多钱啊。

我们都一夜没睡，走出酒店后，她的心情反而又变得特别好，特别黏人。我却被那一百万压得喘不过气来，满心想着怎么跟她讨价还价，一整天都强颜欢笑。下午又困又累，连假笑都挤不出来了。

海滩上铺着一层厚厚的鹅卵石，我喜欢石头，就坐在地上低头刨石头，只是不想面对她，让她自己一边踢水去。很多游客被我的认真吸引，有人问我在干吗，我才发现我的周围围了一圈人。

"找石头啊。"很简单的一个回答。这些人纷纷散开到不同的地方开始挖石头，就好像能挖到一百万的宝石似的。

第二天晚上，我们找了一家80块一晚的旅店。环境跟上一晚的简直没法比，她坐在床上相当失望。

"你就说你是不是畜生吧？得到了之后就住到这种地方来。"

我忽然意识到，还真是。可是我不知道该怎么道歉，也不想道歉，因为对她的反感逐渐替代了好感。

第三天，我们就回去了，回程路上我像是燃尽的灰，对她只是形式上的关心，却没有一点热度，只想尽快分开。

分开后的聊天记录再没有一点浪漫和幽默，多是她的脏话和我不走心的安慰。后来我就越来越懒得安慰她了，也越来越讨厌她。

有天晚上她打来电话说我毁了她，正站在楼顶准备骂够就跳下去。我吓得束手无策，各种求她。我求着求着，她又开始大笑，笑完又哭。

那段时间我被负罪感折磨得无比煎熬，她骂得越狠我就越自责，也越讨厌她。没过几天她又打来电话，说她怀孕了。闹了一阵之后又说没有，就是为了玩我。我被激怒了，问她：

"你什么时候能闹够？"

"你毁了我一辈子，我要折磨你一辈子。"

我对她造成了不可弥补的心理伤害，她扬言要恨我一辈子。

从那以后她拉黑了我的所有联系方式。

苦不堪言的我终于憋不住想把这件事说出来。我找了两个朋友，我们用书包背着啤酒花生和辣鸡爪，走了一公里的夜路爬上山。山顶有个大坑，周边村子的房子的地基石都出自这里。巨坑里面是跌宕起伏的小坑，星空月色下有点像到了外星球。

我们仨在坑里真诚地倾诉了彼此真实的第一次，都没有夸张和炫耀，因为我们三个的第一次都没有真爱，也都有些许悔意。

没想到从男孩变成"男人"的代价竟然是畜生不如。

这样的男人不是男人。

女大十八变

又是一年后，有一天，百无聊赖的我在网上偶然联系上初中同桌李海晶。

她是个单纯至极的黄毛丫头，头发发黄、自来卷，扎起来就像个绵羊尾巴，圆珠笔扎进去都不会掉下来，非常好欺负。每次被欺负，她生一会儿气就忘了。人特别善良，傻傻的，只考虑别人的感受。

她大学刚毕业就去了南方实习，被同事欺负得总是一个人偷偷哭，我就每天教她如何反击。一来二去我发现她从来没有按照我教的去操作，但却跟自己和解了。她觉得把这些委屈都倾诉了，又按照我报复的方法想了一遍就解气了。

她羡慕我敢做自己想干的事，比如离家出走和不顾反对干炒货，对她来说这简直太疯狂了。她想跟男朋友分手都不敢，理由是她男朋友没什么不好，对她非常好，只是从开始就没有很强烈的感觉。她男朋友当着众人面给她送花表白，她怕拒绝他让他没面子就接了。

把我气得是恨铁不成钢！

反正我无聊，我们就越聊越多，聊得越多，我对她产生的保护欲就越强烈。这倒不是对当年欺负她的补偿，当年我没有多过分，但凡有一点良心的人都不会对善良的羔羊女孩太过分。我当年是班长，也是一边欺负她一边保护她，不许别人欺负她。

她连男朋友想跟她上床，但她不同意这种跟闺密才聊的话都跟我说。我的态度非常坚决，不结婚坚决不许上床，他要是不开心就让他滚！我还跟她说了很多男生对女生的心思，希望她能学会自我保护。

几个月后她终于被欺负回家了。我请她到镇上去吃饭，开个面包车在她家门口等她。第一眼看到她时我有点不相信，怎么可能变得这么好看？大姑娘了！

但性格还是当年那么傻！

"我天！女大十八变哪！你这变化也太大了。"我趴在车窗上目瞪口呆地说。

"好久不见啊！我变了吗？"李海晶上下打量自己的连体牛仔裤疑惑地说。

即便宽松的牛仔裤也掩盖不了她修长的大长腿，我一眼就发现那两条腿出奇地标准。头发也不像绵羊尾巴了，好像故意烫的。比上学时白了很多，笑起来像小孩。

冒泡的火锅端上来后，她憋了一肚子苦水不停地跟我说。说什么都忘了，我只记得我非常投入地看着她笑。后来我教她喝酒，喝酒是她做过的最叛逆的事儿，她想叛逆。开始喝一小口啤酒都难以下咽，后来喝得很痛快，酒量还不错，第一次就喝了五瓶。

送她回家的时候不用安全带给她绑上都坐不住，一直傻笑，笑自己搞不懂为什么会这么晕。她的天真让我想起给4岁的外甥女灌醉的样子，不免很担心。我一边开车一边想，天这么黑，小树林这么静，好在我不是坏人，等她醒酒还得给她上一课："你是大姑娘了。"

"快到家了，别笑了，控制点。你别跟你妈说是跟我喝酒的，听见没？"

"我从来没跟我妈撒过谎，我也骗不了她，她可厉害了。她年轻的时候是出了名的小辣椒。"她四肢飞舞，说什么都笑，酒让她兴奋得忘乎所以。我把她扶到她家门口，看到灯亮了撒腿就跑，不敢想跟老辣椒四目相对的画面。她家的大狗也在叫，恨不得挣折铁链子咬死我，吓得我仓皇逃跑。

这一次见面让我平淡晦暗的生活有了一束光，我开始控制不住地想她笑的样子。想她很上瘾，想她不知不觉，当我发现想她时我在笑的时候，突然感觉很别扭。我可是个活腻歪的人，怎么能这么笑呢？

秋收之前的农闲期间，我每天绞尽脑汁地想如何以一个自然的理由跟她见面。一想到就立刻开车去她们村找她。有一次，给她送书带她到小树林里聊天，不巧忘了带烟。车停在两排树林中，我们躺在靠背椅上享受凉风。

她闭着眼睛十分惬意，这给了我仔细看她的机会。平躺的胸更加凸翘，随着呼吸起起落落。纤柔的手轻放在肚子上，指尖都仿佛带着一层光膜，表情那么安然和幸福。

这使得我烟瘾上头，憋得头昏脑涨。我想抽烟，但又不想打断那般惬意，就一直忍着，享受她在身边的幸福感。

初秋的风因为有她而变得沁人心脾，吹得玉米地唰唰地响，偶尔也会拖着几片落叶在空中起舞。这条小路幽静至极，三个小时只路过一个赶牛的中年男人。

"哎！大哥，你抽烟吗？"我趴在车窗上问。心想啥烟都行啊。

放牛的只是直勾勾地盯着我什么也不说，没有一点表情。看得我想笑。

"有没有你倒是说句话呀？我都要憋死了。"

"驾！"大哥用鞭子抽了一下比他走得还慢的牛屁股，还是执着地盯着我看，什么也不说，然后缓缓地走过我们。

"他肯定不抽烟。你想抽烟那咱们回去吧！"李海晶慢慢地从靠背上坐起来说。

"不抽，就逗他玩。"

我还不舍得离开，烟瘾虽然很难受，但能忍。

我把她送回去后赶紧回家找烟抽。躺在床上第一口就抽醉了，醉的时候想她更美好。连抽三根不想停。

家人很容易察觉我的变化，突然从一个半死人变成了一个总爱在冥想时傻笑的人肯定不正常。问我，我也不说，就自己偷着乐。

我单相思是被二姐夫发现的。有一天，我在他们家超市偷了一堆零食放在车上，眼看就要关车门，却被二姐夫发现。

"你这是要干啥去呀，大脑袋？"二姐夫一脸惊喜地问。

"用不着你管。"

被发现了很郁闷，我打着火，踩大油门倒车出院子逃离。

"你慢点！这大脑袋处对象了，媳妇哎……"

他赶紧跑去找二姐汇报。

我不仅带了零食，还把车里的音乐全换成邓丽君的歌，我们约好了上山看月亮。她曾听我说跟朋友上山喝酒，羡慕得不得了。

那天晚上月亮也很争气，又圆又大，再加上邓丽君的歌调味，零食变得超有趣。这次见面本来是打算解决她跟她男朋友的苦闷问题，结果他们突然和好了。她说了一晚上她男朋友的好话。

本来她男朋友跟我没法比。

他们刚毕业，都迷茫，我则是乡村瓜子大王，还有离家出走的魄力。跟我比，她男朋友就是小孩。怎么突然跟她老实的男朋友又好上了？

不过没关系，不影响我一见到她就生出的好心情。

"他想让我去哈尔滨找工作，我大学室友也在哈尔滨让我赶紧去。我还没想好呢。去了肯定还想家。但是我也不能在家待一辈子啊。其实我一点儿都不想找工作，就想在家待着，在家待时间长了我妈还总说我。"她苦闷地说。

"想去就去，不想去就不去。"

"我要是像你那么洒脱就好了，我可羡慕你了。我总跟姜鹏说你，他让我离你远点。"说完李海晶捂着嘴笑。

"咱俩出来你妈知道吗？"我看了下时间突然问她，已经是晚上9点了。

"知道啊。"

"你不能有点隐私吗？"

"我骗不了她，我干啥她都知道，以前还翻我日记，后来我就不写了。我都好奇她是怎么知道的。"

"因为你傻。"

"姜鹏也说我傻，我妈也说我傻，我可能真傻。"

"现在还不回去，你妈不着急吗？"

"我不想回，这种感觉太好了。前几天我妈还托人打听你家呢。我让她别多想，咱俩就是同学。"

我笑得很复杂。那晚之后，我开始思考我们的关系。我知道我喜欢她，但我觉得我配不上她，她太单纯了，一点儿杂念都没有，我总想些乱七八糟的，还总给她灌输一些乱七八糟的思想。我越想越觉有罪，觉得跟她聊天，都是对她的一种玷污。

我开始疏远她，克制自己不要想她，不要主动跟她联系。这个过程很痛苦，她就真以为是我工作忙没空搭理她。

我给她家送过瓜子，还为了跟她合理见面请别的同学一起吃过饭。每一次见面都有强烈的负罪感，觉得自己不该见她。一狠心憋了一个月。

年底，她非要送我个钱夹让我去取，听说她爸妈不在家，我干完活儿迅速扫掉身上的灰，换一身干净衣服就开车去了。

冬天天黑得早，晚饭后就已经彻底黑透。路上总感觉有车跟着我，我把车停在黑森森的小树林里观察了一会儿，没想到三姐夫早就把车灯关了停在老远处。

去她家我也不客气，侧躺在炕上吃葡萄嗑瓜子跟她聊天。

"这段时间你忙，我终于想明白了。"李海晶盘腿坐在我对面说。

"你想明白啥了？"

"我不纠结了，准备过完年再去哈尔滨。"她说完笑了。

"那你对象能愿意吗？"

"他不敢不愿意，他不愿意也不管用。"

"你不怕他跟别人好了呀？"

"那更好了，那我就有正当理由跟他分手了。"

"你现在还想分吗？"

"嗯……不想。我觉得他对我挺好的。"

"那就好好处，别总想没用的，也别听你姐妹使坏总想考验他。反正我不喜欢被人考验来考验去的。"

"我没有。考验人挺累的，我看我同学她们那样总吵架。不过我对象挺听我话的，我不让他干什么他就不干。"

"咦……你还挺厉害呢？"

"真的。我跟他可厉害了，就能跟他厉害。我爸都不听我的，我爸听我妈的。"

"说明他在乎你。"

"我知道。"

害怕她爸妈回来，我只在她家待了半个小时。出来刚好看到二姐、二姐夫、三姐夫仓皇钻进车里的身影。他们跑了。

天气寒冷，他们趴在李海晶家石头墙上偷窥了我们聊天的全过程。中间三姐夫冻得还想用石子打人家窗户，被二姐制止了。

等我到家的时候，一家人正欢喜地听我二姐绘声绘色地讲他们看到的哑剧全过程。她在炕上盖着件大衣，冻得还在发抖。气得我冷冷地瞥了他们一眼就回自己房间了。

那次二姐后脚跟冻坏了。因为怕追不上我，她当时蹬一双棉拖鞋就开追，三个人在寒冬里盯了半个小时。可见那时的我有多神秘。家人发现我有心上人很开心。

可惜他们才查出点头绪，没想到我跟她已经结束了。

我很难过，家人想方设法追问，我一点好脸色都不给他们。

年后，她去了哈尔滨，我彻底感觉空落落的，难受得受不了就也去了哈尔滨，找了个房地产经纪人的工作。

第一次，我请她和她室友吃饭，大家都很开心。

第二次，她男朋友要请我吃饭。

走进饭店时，他们两个已经点好一桌子菜有说有笑地等着我。我的主要目的就想看看他是不是真心对李海晶好。

"这里！"李海晶高兴地挥手叫我。

我在姜鹏的眼里看到浓浓的醋意和敌意。

"你好，我是她老公。"姜鹏笑着跟我握手，语气像宣战。

"我是她同学。"我忍不住笑了一下。

李海晶被他的介绍惊得顿时脸通红，偷偷在背后掐了他一下。

"嗯？你掐我干啥，你不是我媳妇啊？"姜鹏说，看得出他的威严已经装到极限了。

"能喝酒吗？"我笑着问姜鹏。

"必须的，今天咱俩好好喝点。"

我之前曾把李海晶喝到吐两天，这次他要来报仇。但像他这样初入社会的大学生怎么可能是我对手。他醉意越大，醉得越狠，我就越高兴，但也越失落。说明他在乎李海晶，我觉得自己做不到像他那样执着地爱她。

最终他醉得很惨，李海晶特别心疼。李海晶扶着他走了。我一个人不想坐车回家，在路灯下慢慢地走。

不久后，我就辞职把自己关在大姐的清水房里闭关，差点没死成，后来又灰溜溜地回了老家。

一年后又是夏天，我开店每月去一次哈尔滨进货。李海晶非要把她的同学介绍给我，说我们性格合适。我对除了她之外的任何异性都没有兴趣，同意相亲只是给自己找个见她的理由，也让她明白，我对她只是友情。

一年没联系，姜鹏对我不再有敌意。他对李海晶还是那么好，但苦于李海晶不想结婚。

吃完饭后，他们俩让我把女生送回住处。

上了出租车后我很拘谨，只是礼貌地笑。

"你喜欢李海晶，是吗？"她问。

"嗯？我俩是好朋友，我把她当妹妹。"我一愣，慌忙解释。

"哦。"她一脸怀疑地笑。

她

在经历过好几段无疾而终的爱情，当我以为这辈子都没戏的时候，幕遥终于出现了。

跟她断断续续相处三年，直到2016年，我去北京检查了眼睛，然后一气之下去了义乌。在那之后，我们再未相见。

从义乌回来之后，我大体算是从谷底爬了起来。接受了自己眼病的事实，也放弃了那些不切实际的白日梦，开始踏踏实实地开店，顺风顺水地过了两年。

唯独感情是一片空白，我没有一天不想幕遥，但是还没攒够追她的勇气。生活里对我示好的小姑娘也有，但我都没心思。提亲的也有，我爸妈都不上心了，何况我？可她倒好，已经开始想找下家了。她知道我经常暗中观察她，但还是公布了自己的心仪对象。

我也认为我们以后没有任何关系了。就在这时，两家义乌供货商突然联系我，各发了一批对口又便宜的货，我就去了。

回家前一天，我在一家厨具的库房汗如雨下，外面依旧在下雨，天阴沉得很，压得我透不过气。

干累了，我坐在门口抽烟看雨，不禁又想起幕遥。快两年了，心里早已不再指望奇迹，就是舍不得不想她。

干活吧！今天务必干完，因为已经订了明天晚上的机票。

箱都封好以后，等货车的时候继续坐在门口抽烟看雨。戏剧的一幕出现了，人生总有意外。

幕遥突然发来短信：你怎么不烦我了？

这是近两年她发的第一句话。我的心跳骤然加快，瞬间觉得晴空万里，雨滴就像从天而降的礼花。简直不可思议，情绪从谷底瞬间弹上云霄。我彻底失去理智，跳起来一拳将屁股下的纸箱打出一个洞。

我回信息说：你不知道我看到你的消息有多激动。我这儿正下着雨，瞬间感觉天都晴了。

我又续上一根烟，等待她的回复。

幕遥：你不用高兴太早，我再给你一次机会。但我不知道能不能重新喜欢上你。

我：我在义乌。明晚的航班。实在是太巧了，你不知有多巧。

她：嗯。

我对她的了解从这一个"嗯"字就能猜想出她的状态。她是个冷漠的人，这一个"嗯"意味着不论明天她有什么事都会推掉见我，并且默默安排好一切。

下午5点钟我到了机场，得知我的航班在早晨6点40起飞了。是的，我只记得是6点40，没想到是早晨。我怎么会买早晨的机票呢？我要第一时间把消息告诉她。

我：记错时间了。飞机早晨6点40飞走了。

幕遥：你长个脑袋是干啥用的？

我又发了几条消息，都是表达迫于见她的心情，她都没回。我知道她生气了，就没再烦她，之前就是没完没了的磨叨把她烦崩溃的。

幕遥一点儿都没变，可是很遗憾我没能让她第一眼心动。

我回家后，她什么信息也不回，我甚至坦白了刚刚过去的两段情感经历，我对她依然不想有任何隐瞒。

我：我知道我没有让你重新喜欢上我。

她：你让我喜欢你什么？

回到家和从前一样，我没有让人看出任何不同。从义乌发回来的货堆满库房，我需要尽快把它们整理好，消化掉。不平凡的情绪也会在繁重的工作中慢慢磨灭。

只有一个人的时候，我是麻木的。我喜欢在夜里干活儿，就我自己，这样可以少与人接触。然后睡到中午，每天晚上用大量的体力工作来消除心理上的痛苦。大概用了半个月才回归正常的生活状态。

这一次跟幕遥和好最短，分别最长。两年后，2019 年元旦，我又在义乌，视力再次下降。元旦的烟花在夜空绽放，触景生情，我又给她发了一条消息。

我：希望在新的一年你能遇到对的人，这便是我最大的期许。

她：你能对我释然便是我最大的期许。

非常好。没有比这更好的结果。

第七章　局外人

我们就往冰冻的河道开去，但好半天没找着地方。

胡哲问："你能看清吗？是不是过了？"

"太能了！闭眼睛都能找着。"我说。

"刚才路过那儿是不是啊？拐弯那儿有一片像冰似的。"

"哪儿啊？那你咋不说呢？"

"你不能看清吗？"胡哲气愤地说。

"我瞎，你不知道咋的？"我理直气壮地说。

孤独旅行家

随着生意逐渐进入轨道，经营一个小店越来越让我感到满足，它不会让我大富大贵，但让我踏实。每天都没什么大不同，但偶尔也会遇到一些有趣的人、有趣的事。

徐哥就是其中一位，开店以来不用找零钱的顾客就他一个。当时就觉得他是有故事的人，有一股常人少见的孤独感。他很安静，寡言少语，仿佛沉浸在一个跟我们不同的世界里，是我们这个世界的局外人。

徐哥50多岁，曾经是我们这儿最大KTV的老板。现在无业，每天只想着怎么玩。开始他到我这儿喜欢买些精致的小物件，从不问价格，我给打折他就客气地说谢谢。我知道他不差这点，但我不能因为他不差钱就占这点便宜。

有一次，店里来个家伙炫富，一身痞子气。徐哥到了之后，这个家伙立马毕恭毕敬，没了刚才那股锐气。见徐哥跟我说话的状态很亲近，他对我的态度也变得温和。其实那时候我跟徐哥一点都不熟，我甚至都不知道他是做什么的。反正他每次来，我跟我姐都很高兴，因为他花钱痛快。

深入接触是今年夏天。我的店搬迁后有一年多没有见过他。

他突然出现在我店里，我很热情。从那以后他每隔一段时间就来转一转。我们也不太聊天，我就各种笑，他还是那么爱花钱。

他是个很内向的人，或者说是深藏不露。我对他的印象不错，却有人劝我尽量少来往，具体为什么也不说。我还是相信我的直觉，至少他对我没有恶意。

徐哥有点古怪，喜欢研究。他对我店里的数码商品兴趣颇大，尤其是坏了的，有时候他能在我的吧台一言不发地研究半个小时，投入极深。修不好就带回家接着研究，修好了也不要，只是为了修。后来我送给他一箱子稀奇古怪的电子玩意儿，都是有问题的，他很开心，说喜欢。

我们渐渐开始有了交流。

有一天晚上下雨，顾客很少。我腰突犯了，阴天下雨更是难受。他进门的时候我闭着眼睛躺在沙发椅靠背上熬时间。他脚步很轻，我没察觉。店里放着跟雨天搭配的伤感情歌，让我陷在对幕遥的思念里无法自拔。

我听到货磕碰货架的声音才懒懒地坐起来，回头一看是他。

"哎？啥时候进屋的？"我笑着问。

"刚进来没一会儿。"他冷冷地回道，顺手捅了下眼镜，继续摆弄手里的小东西，看都没看我一眼。

我也没再问，难受得像只肥蛆在椅子上慢慢摇，心情有些烦躁。于是就各干各的互不干扰。

"最近忙吗？"他突然问我。

"一天乱糟糟的事儿可多了。"我停下摇摆，递给他一支烟。

我的廉价烟不管是谁我都好意思给，不嫌弃就抽，嫌弃就拉倒。

"你能有啥事？"他接过烟不屑地问。

"这么问我还真不知道咋回答，坐会儿。"我指着旁边的椅子说。

"我上次来你就说把那收拾了，你也没动啊，我看你就是瞎忙。一天干不了啥事。"他指着货架最下层的一堆乱糟糟的货品说。

"这不是腰突犯了吗？关键是活儿太多，这种小事我都不在乎了，虱子多了不咬人，累乏了。"我笑着说。

我爱笑，笑才是我的社交工具，说什么是次要的。有时候连骂人都笑，骂得对方都不好意思攻击我，事后耿耿于怀。

"哪天等你有时间我带你玩去吧，钓一天鱼就放松了。"

"我哪有钓鱼的好命啊，每天一睁眼就是一堆事在那排队等着。"

"没看出来你干啥了。"

他的社交工具是冷漠，不论说什么都像是有很多种意思的感觉。要是他骂人，杀伤力一定很强。

"有个朋友要教我游泳我都没时间。他说游泳治腰突，他那时候更严重，说在床上躺了半个月，后来游泳游好了。这家伙是水库玩家，游泳老厉害了，水库能游一个来回。"

"谁呀？"他忽然有些兴趣。

"那边 4S 店那个胖的，卖车的。"我指着南边的方向说，那边就一个卖车的。

"别的地方不敢说，在咱们这儿游泳，我第二没人敢说第一。"

他叼着烟继续摆弄手里的小东西，对我说的高手很看不上的样子。

我就笑，不跟他犟。在我的印象里，像我朋友那样的胖子浮力才大。徐哥这么高大的骨架子肯定不容易浮起来，还要教我，没看上他。

徐哥知道我不信他能教我游泳，几天后发来一张航拍照片，水域很大，他很小，他像睡觉一样双臂枕在头下躺在水面上。我很怀疑是不是他。

没过几天，我被胖子拉到一百多公里外的一个湖，本来是说教我游泳的，烤肉吃太撑也没怎么下水。坐了很久的车，回来腰更难受了，我捂着腰直接上楼躺下。

一直一个人，所以我习惯裸睡。第二天早晨起来更坏了，腰几乎一动不能动，裤子都穿不上。这种情况也不好意思找人救援，只能装蛆自救。别以为装蛆的呻吟很享受，额头都冒汗了。

越来越坚定独身主义的我开始对伴侣有了需求。小小的腰突就让我如此窘迫，等老了岂不是更加步履艰难。不过，腰好点了又不想找伴的事了。

收了一家户外用品店的货以后，没想到温文尔雅、戴眼镜的徐哥对这些东西兴趣颇大，买了很多。

有一天，他又扎在店里的户外用品区挨个儿琢磨。

"你买这些东西干啥呀？"我终于没忍住好奇地问。

"我夏天一半的时间都在山里住。"徐哥一如既往地平静。

"啊？"

"我山上有窝，有时间你可以去看看。反正就我自己。"

我还是没信。后来他发了很多在山里住所的照片，可谓是一应俱全，光帐篷就好几顶，茶具、炊具、果盘都那么精致。我对他再一次刮目相看，对他的兴趣也更大了。什么样的经历才能造出这样一个奇怪的人？

一天晚上8点多，他打电话问我店关了没，他要来买个睡袋。他来的时候我见他全副武装，准是有什么行动。

"你这是啥情况啊？"

"抓鱼，去不去？"

"啊？现在？去哪儿啊？"

"我白天在水库游泳的时候发现一个鱼窝。"

我开始纠结，这么好玩的事我心里肯定痒痒。

我们静悄悄地背着装备翻山越岭，鱼窝和他山里的窝有一点距离。这水库两面环山，他竟然还有条小船藏在一个隐蔽的沟渠里。

我的任务是给他照亮，小心翼翼地把着船边，黑森森的，反正我是不敢下水，何况晚上的水还有点凉。山里静悄悄的，水面因我们变得不再平静。这次我亲眼见识了他的水性，就像一条鱼。这条大骨架鱼没用多久就用网抓了很多鱼。

我的心情是极好的，磕磕绊绊跟在他后面往营地走。蛙声、蛐蛐声此起彼伏，就好像发现了我们偷鱼似的，使劲叫唤。他依然那么冷漠，一副司空见惯的常态。

回到营地已经接近凌晨。水库边有点凉，他煮了茶给我。那晚皓月当空，所以没有开灯，也怕招来蚊虫。水面微波粼粼，森林里一派幽静，我们偷鱼的喜悦在这宁静里慢慢落了下来。

可能人老了都爱回忆往事。他终于给我讲了他年轻时候的骄傲与轻狂、人生巅峰和事业有成，然后就直接跳到现在的没落和孤独。现在的他算是瘦死的骆驼吧，用他的话讲一无所有，离婚后再没找过老婆，习惯了一个人。

从辉煌到败落的过程他没说，只提了下转折点是因为吸毒。可想那是一段漫长而痛苦的过程。那晚我睡得很少，躺在山里静静地听着山里的声音，感受背部与地面近距离接触造成的腰痛，思考孤独究竟是一种怎样的感受。本以为自己做好了鳏寡孤独的心理准备，很明显我是瞎准备，根本什么都不懂。

无聊至死

我有一个单身QQ群，五个人，都是身边的大光棍。物以类聚，人以群分，我们时不时就凑到一起寻开心。

不过其中有仨离异的，都有孩子，凑合也算单身吧。毕竟这把年纪了，纯单身的也不多。

寒冬夜晚，我们五个单身的无聊，决定干点好玩的事。想起白天我和姐夫上山的时候发现山坡上一条被冻住的小河，我说："咱们去打出溜滑吧，我今天在山里发现个好地方。一条小河挂在山坡上，打出溜的话没治了。"

"打出溜滑"是我们东北方言，就是滑冰的意思。

我发了一个白天录的小视频：大胖墩三姐夫坐在黄色的上坟纸塑料包装上"哎！哎！哎"地从山坡上往下冲，上身和腿在冰面上就像跷跷板上下起伏。还有我和二姐夫幸灾乐祸的笑声。

大漂亮说："都黑天了，山里多吓人啊！"

我说："黑天才好玩。"

胡哲在群里 @ 我，说："你自己去吧。"

朱娟说："那我得穿厚点。你们也多穿点。"

朱娟又 @ 胡哲，说："去呗，在家太没意思了。"

小娇说："等我，我打麻将呢，还有两圈牌。"

小娇又说："上山放炮吧，把那些孤魂野鬼全给炸出来。"

朱娟哈哈大笑，说："我看行。"

胡哲说："正好我车里有炮，今天刚买，准备过年放的。"

我们在车上都研究好了，把礼花放倒，后坐力会让烟花乱窜，说不准下一发射向哪个方向，这样玩才刺激。我们两年前在广场就这样玩过一次，礼花不小心倒了，胡哲和小娇一边惊叫一边往不同的柱子后面躲，崩得抱头逃窜，一个尖叫一个骂娘。真后悔当时没录下来，光顾着笑了。

但我们到了冰冻的水库，真准备放的时候大伙又害怕了，尤其是胡哲和小娇。最后决定还是正常放。

胡哲刚点着礼花，我跑过去，一脚踹倒。朱娟、小娇、大漂亮就在礼花周围瞬间炸开。我们尖叫，狂奔在雪地上。只有胡哲淡定地扶起箱了，礼花才得以在寂静的夜空炸开，很漂亮。

我觉得正经放可惜才一脚踢倒的，可惜踢早了，给胡哲留下充足扶正的时间。不过也好，这个礼花太猛，水库上什么庇护所都没有，搞不好我们的羽绒服都得崩开花。

三个女的又慢慢聚集在礼花周围，惊叹烟花的盛放。

"哎呀妈呀！刚才可吓死我了。"朱娟说。

"这炮不能那么玩，威力太大，比上次那个大多了，崩坏了咋整？"胡哲说。

"我都没做好准备，他一脚就给踢倒了。"大漂亮一手捂胸口一手指着我大笑着说。

"一个个都拼命跑，大棉裤穿得腿都迈不开，荤油都得甩出去二两。"小娇说。

我们都在大笑，虚惊一场。烟花的爆破把快要无聊至死的心都炸开花了。我手里拿着一根长杆炮，它很细，我看不着导火线，让胡哲帮我点着了。一共50发，往天上射了几发，但在大礼花的光芒下几乎看不出来，我就对准他们的脚。他们在惊笑中又开始四处跑，谁叫得最响我就对准谁，谁不叫我就对准谁。就这样边叫边跑，跑得快炸了肺。

烟火散尽，山里的夜很快又恢复寂静，我们沸腾的气氛也落了下来。看来要拯救垂死的灵魂还得靠打出溜滑。

我们就往冰冻的河道开去，但好半天没找着地方。

胡哲问："你能看清吗？是不是过了。你不是说不远吗？再往前快到景区了。"

"太能了！闭眼睛都能找着。"我认真地看着窗外路过的黑森林，目不转睛。

"刚才路过那儿是不是啊？拐弯那儿有一片像冰似的。"

"哪儿啊？那你咋不说呢？"

"你不能看清吗？"胡哲气愤地说。

"我瞎，你不知道咋的？"我理直气壮地说。

结果我们开过了十几公里，不过丝毫不影响我和三个女人嘎嘎大笑。我们又倒回来，下了车，开始滑。

一旦有一个摔倒，另外几个就能笑岔气。那笑声响彻山林，估计孤魂野鬼都吓跑了。她们仨边笑边心疼自己的衣服，脏了也挡不住再来一把，太刺激。胡哲打开车灯照明，孤零零地坐在车上看我们疯，录下我们的窘迫。

那天过后不久，小娇要来找我谈谈心，她太压抑了。我估计她跟她男朋友又吵架了，果然不出所料，她看起来很憔悴。

小娇绝对是个情种，一旦动了感情就难以自拔。她的初恋和第二任男友对她的背叛都伤她不轻，她就不相信爱情了。

我和小娇关系相当铁，很多年前我去酒局觉得喝不过对手的时候就带着她，很多人都误以为我俩是情侣。她也爱玩，那时候常带她。她不仅能喝，还会说，总在恰到好处的时候不但让我解围还让我有面子。

刚进城那两年我交友比较杂，有一次跟两个混混朋友在酒吧喝酒也带了她。嘻嘻哈哈就喝多了。朋友为了让小娇喝五瓶啤酒，甘愿吃了小半管辣根蘸鱿鱼丝。吃完小娟耍赖不喝，辣得满头大汗的朋友野性爆发，要拿啤酒瓶开她瓢。

"你敢动她一下试试？"我站在两人中间指着朋友说。

"她玩我！"朋友捂着脖子边咳嗽边说，豆粒大的汗珠哗啦啦往下掉。

"那你砸我吧，给。"我递给他一个酒瓶说。

朋友没砸我。小娇要喝酒化解干戈，我没让，领着她走了。那晚朋友喉咙肿胀差点没憋死。

几年后我们都是快 30 岁的人了，我在学校的操场上问过一次小娇的情感状况。

"你现在跟哪个处呢？"

"哪个也没处，都是临时工。"

"你这不把自己坑了吗？"

"就那么回事儿吧。"

而现在，小娇和现任已经交往了一年多，两个人都想结婚，却碍于一些杂七杂八的小事始终结不成。

我泡了杯茶，小娇开始骂人：

"我最近老闹心了，昨晚孙强让我给骂了，二百五！"

她点着一根烟气愤地说。

孙强就是她的现任，他们经常干架。

"又为啥呀？"我问。

"我不是开直播了吗？他昨晚用小号给我刷了 600 多块钱的礼物，你说他不是傻是啥？直接把钱给我转过来好不好？"

"那能一样吗？他不是为了让你心情好吗？"我控制不住地笑着说。

"我为啥开直播，不就是缺钱吗？上我这儿来装，还以为我不知道呢？"

"我大姐夫跟我大姐结完婚后，每逢佳节，他还是照样买礼物，给我大姐气得他买一回骂一回，但骂完看看礼物心里还是美。"我说，"有一次情人节，我大姐夫买了两瓶400多块钱的红酒，寻思回家浪漫一下。结果我大姐做的大骨头炖酸菜，把我大姐夫气得说他的酒是配大骨头炖酸菜喝的，说好几回！"

小娇没被逗笑，冷冰冰地说：

"年前年后我一共给他转了13万，现在还闹饥荒，我现在手里也没啥钱了。"

"挺有钱啊！你俩差啥不结婚呢？再过几年都大龄产妇了！"我笑着说。

"差钱呗，差啥！其实我俩要是一起努力，他那点饥荒有一两年就能还完。也不光是差钱，我也不知道，很累。"

"那就挣呗。你又不想换人，不换就好好过，天天苦大仇深的有意思吗？再好的感情慢慢也淡了。"

"你都不知道。我俩在一起都没话，他就是叹气，我能不受影响吗？"

"估计是让你欺负的吧。"

我俩都笑了，小娇人和名不搭，很彪！

"他是整不了我，年前我俩有一次睡觉的时候打起来了，他穿衣服就往楼下跑。我一看追来不及了，光个脚丫，啥也没披我就开追。大冬天的一直追到小区大门口，他回头一看我穿得那么少，老老实实回来挨揍。整不了他不完了？"小娇一边说一边笑。

我笑得前仰后合。

"看你们这样我更确定想单身了。你说也怪，我处的对象咋都那么好呢？我找你这样的都得疯。"我说着又递给她一支烟。

"他已经快疯了！现在这社会，有几个正常的？"她笑得很开心。

"还是正常的多，你好好的吧，别再闹了，他对你多好啊。"

"光好有什么用。钱不少挣，拉一屁股饥荒。前两天还管我要孩子抚养费，没钱养孩子还给我刷礼物，越想越来气！"

小娇男朋友是二婚，为小娇离婚，不但净身出户还欠了一笔钱。小娇开始不在意，后来发现他和前妻还藕断丝连，而且他经常提起对不起前妻，小娇就越来越心烦。

她发泄完，心里轻松了很多，送她回家的路上我说了很多正经话。我劝她别总为难他，不好。她也知道不好，可是她很压抑，很纠结，很矛盾，说到底还是因为没做好结婚的准备。

单身上瘾

除了身边这几个经常能一起瞎胡闹的朋友，我在网上还有几个知己。心里烦了，抑郁了，眼睛看不清了，就去找他们聊天，其中找丰哥聊得最多。

丰哥是个身高只有一米六的 45 岁大光棍。他会因为我说他老了假装生气，会因为我夸他得意忘形，会因为想家难过低落，但我确定他是我接触过最爷们的男人。

他是一名普通的深圳公务员，安于现状，不求上进，只盼回东北老家跟他父母生活在一起。深圳的房太贵，他买不起，曾经租房把父母接到深圳试住一段，那段时间他在群里很得意。在小群得意地发他迈向家里的两条短腿，然后晒他妈妈做的很普通的家常菜。午睡都放弃，只为多陪老两口一会儿，以免他们被这座大城市淹没。

可惜没多久二老又回去了。他给父母在老家买了新房，条件很不错。他却一直住在单位的宿舍里，小屋被乱七八糟的杂物堆满。他的生活非常简单，最开心的是周末可以赖床到中午，洗洗衣服看看手机，周末就这么过去了。

丰哥生活非常节俭，很少买什么东西，衣服都很素，吃饭也很素，不喜欢吃肉。没有食堂就吃外卖，他才懒得自己做饭吃，甚至渴了都懒得倒水，更别说泡茶了，能忍就忍。多躺一会儿是一会儿，有严重的拖延症。

刚认识他的时候他喜欢群里一个湖北的大美女，别人在群里说喜欢谁都是瞎扯淡，他不是扯淡，毫无避讳地真情流露，可惜那女的不喜欢他。那他也不放弃，他喜欢是他的事，她不喜欢是她的事，分得清清楚楚。痴迷了好几年最终还是无果。他也不难过，压根儿就没什么期待，只是喜欢而已。

我们第一次见面，是他从深圳回东北，我去火车站接他。

火车站出站口人流喷涌，我暗想，就专挑小个儿的看，发现小个子也不少，眼花缭乱。

丰哥在我身后拍拍东张西望的我，一回头就看到他轻轻地笑着。

"走啊。大脸蛋的他们都到饭店了。"丰哥说。

"你也不说个你好啥的，毕竟第一次见。"我忍着见他的喜悦心情说。

"臭小子，比我高这么多。"

我们边走边笑。他脚步很快，我就跟在后面紧追。

"丰哥，出租车在这边。"我拍他肩膀说。

"咱们坐公交吧，我算了一下，这儿到饭店公交就两站，比打车方便。公交车站就在那儿，比打车走路少。"

"行。"

我还心想把他当贵客接待，现在搞得好像他接我似的。

大脸蛋的也是丰哥的粉丝，见到丰哥迅速起身迎接，热情安排落座。

大脸蛋的是我无话不谈的朋友。他是省城一家小企业的小领导，戴副眼镜，斯斯文文，白白胖胖。我知道他很多连他老婆都不知道的事。他们单位发礼品时他也会优先照顾我的生意。他的左脚面有次在救火时被砸伤了，因为救的是单位的火，很快就小升一级，把他给乐坏了。

他、丰哥、我都是一个QQ群的好友，我们几个最聊得来，这是我们第一次线下见面。

"你跟我咋从来不这么热情呢？"我对大脸蛋的说。

"你上一边去，我烦你。"大脸蛋的回我。

我回骂大脸蛋的一句。

冬升跟丰哥年纪相仿，也是哈尔滨的，我跟他不太熟。

"一路辛苦。"冬升笑着跟丰哥握手说。

丰哥沉稳内敛，与群里的风格完全不同。丰哥抓着冬升的手摇了摇，笑着点头示好。

丰哥不喝酒，话也不多，饭桌上除了我跟大脸蛋的互相掐架就只聊些群里发生过好玩的事。

"你以前挺精神的一个小伙，现在搞得好像跟冬升和丰哥同龄人，你比我小三四岁？"大脸蛋的盯着我说。

"舅，多吃点菜。"我就近给大脸蛋的夹了根鱼刺说，故意恶心他。

"你们经常见面吧，群里好像就你们离得近。"丰哥笑着问。

"没有，就见过两次。"大脸蛋的回答丰哥就很正经。

"我才懒得见他。"我说。

"他每次来，我寻思喝点，都不通知我，他有女朋友，哪有空见我？"大脸蛋的不怀好意地笑。

"你们又和好啦？"丰哥疑惑地问我。

那个"你们"就是我和幕遥，很久以前，幕遥也在我们那个QQ群里。

"他就故意刺激我。"我说。

大脸蛋的幸灾乐祸地笑，他以伤害我为快乐的源泉，同样他也了解我痛点的深度。

丰哥平时休息的时候，大多都对着手机屏幕。所以每次找他，他很快就现身。有一次例外，忘了为什么找他。我平时想不起他，想他就是我心烦意乱了。

我：干啥呢，丰哥？

过了很久他发来一个小视频，一只大老鼠在窗台上闲逛。

丰哥：我在看着它。

丰哥：屋里进来一只老鼠。

我：整死它。

丰哥：不敢。还赶不出去，都两天了，把我折磨得都不敢睡。

我：哈哈哈哈哈哈。

我：那你就这么挺着呀？

丰哥：我今天在网上买捕鼠器了，过两天就到了。

我：啥？

我：网上？今天？

丰哥：嗯。

我：哈哈哈哈哈哈。

我：想问你啥我都忘了，笑死我了，不问了，我得好好笑一笑。

丰哥：好笑吗？

我：嗯。

丰哥：我在想抓到它怎么处理。

我：你应该想很久了吧。

丰哥：嗯。

丰哥：算了。直接把笼子扔了吧。

有一次，我跟幕遥分手后，一个人去住我们一起住过的酒店，我喝大了，心里苦得受不了，就找他聊天。

我：我喝多了。

丰哥：酒喝太多对眼睛不好。

我：现在我就在我俩曾经一起住过的房间。

我：心里太难受了，我一难受就能想到你。

丰哥又说不要喝太多酒。

丰哥相过很多次亲都没成。他很喜欢小孩，很想有自己的小孩。以他的工资水平和积蓄养个孩子绰绰有余。40岁之前他甚至想过代孕，看着自己的小孩一点点长大，培养他独立和善良。小孩还能陪他爸妈玩。他畅想过很多有孩子的幸福生活，40岁以后再没听他提过要小孩的事了。

他在群里消失过一小段时间，群里很多人找他、想他。因为他脾气好，很多人喜欢拿他开玩笑，他从来不生气。不过分，他就配合；过分，他就沉默。所以他消失后喜欢肆无忌惮开玩笑的人就会空虚，很少有人能像他这样开什么玩笑都不生气的。

再次出现在群里他说他病了所以没聊天。我私下问他怎么了，他还是清清淡淡地说胃溃疡。在我不断的追问下，他清清淡淡地讲述了一个人去医院做了胃局部切除的手术，这段时间一直在住院。但给别人的感觉就好像得了一次感冒一样。

因为肾结石，他去过很多次医院。别人问起，他除了用专业的术语把肾结石这个病说清楚和"真疼"以外，再没有任何多余的情绪描述。

我：你就是懒的，平时不喝水不运动。

丰哥：是的。

不管谁劝，他认准的事很难改变，坚持一如既往地生活。把每天过成一个样，我很少看到他焦虑和烦躁。

我：怎么感觉不到你焦虑和烦躁？

丰哥：偶尔也会有。

我：你是不是懒得焦虑？

丰哥：不是啊。但是焦虑确实没什么用，又解决不了问题。

我：感觉寂寞了怎么办？

丰哥：我有啥办法，不想它呗。越想越烦躁。

我：像咱们这样不打算结婚的注定鳏寡孤独。你想过以后吗？老了以后。

丰哥：肯定想过。但没到那一步想也没什么意义。

丰哥：现在的养老服务越来越完善，没什么担心的，多攒点钱。等老了去养老院找老太太，哈哈哈。

我：你现在还去养老院做义工吗？

丰哥：现在不去了，太远了。而且一起去的人太作秀，不喜欢。

我：义工都干啥呀？洗脚按摩呗？

丰哥：我没洗。我连我爸妈的脚都没洗过。就是陪他们聊聊天，买点吃的。有时候干点活儿。

午饭后，丰哥跟一个同龄的同事在各自椅子上聊天，同事双腿一叉半躺在椅子上抽烟。

"赶紧娶个老婆吧。我儿子都上初中了。"

"谁愿意嫁给我这样的，没房没车的。"

他是我见过 40 多岁恋家最真挚的男人，快放假的时候就开始兴奋，快离家的时候就开始闹心，回城后就开始为下一次回家倒计时。

人不在父母身边常给家里邮寄生活用品。气得老妈电话里常骂：

"老儿啊，别总往家邮这些没用的东西，冰箱都快放不下了，得多少钱？"

"不贵，妈。都是领券买的。吃的送到家后最好直接吃了，别往冰箱放，要不就不新鲜了。"

"俺俩能吃多少，乱花钱，这些东西超市都可贵了。"

"我买不贵，一件就十块八块的。网上为了流量总有活动。"

有一年过年回家发现家里热水器坏了就直接换个新的。老爸回来一看怒了，直接问工人：

"谁让你们安的啊？"

"我就是干活儿的，老板让上谁家就上谁家。"

丰哥连忙抚慰工人。

"我买的，爸。"

"多少钱啊？你买这么好的干啥？"

"现在家电很便宜，才 800 块钱。"丰哥背着他爸跟工人眨眨眼睛。

"净扯犊子，这种能这么便宜？"

"年底促销。你快进屋吧，跟师傅喊什么？"

丰哥回家坚持躺着多，最大的乐趣是陪老妈逛超市，吃老妈做的家常菜。

　　他的朋友圈内容可以总结为三类：第一，工作相关文章；第二，帮朋友忙转发；第三类最多，一积分兑换吹风机，购物赢免单，第五个领红包的人最多，我正在参加斗地主福利，等等。朋友圈封面是他父母的照片。

　　他工作的时候很少聊天，他就是个认真的人，忙正事儿的时候从来不扯淡，每天坐在办证窗口为人民服务。

　　像丰哥这种没有秘密的人在我看来就像一个宝藏，那里浩瀚无比，全是真实，真实不像童话那样全是美好，但就是特别舒服。

第八章　　寺庙与乞丐

我说："人苦的是心里，如果能克服自己，其实生活真的挺好的。"

乞丐说："你说得对。我就是没有文化，说不出来。能活着就不容易。"

"能活着就不容易。"

我被这句话撞击了，好半天不知道该说什么。

有钱人

我曾经特别羡慕有钱人，成功的人。但当他们真出现在我的生活里，我才发现他们所经历的和承受的那些煎熬其实都被光辉盖住了。外人看不到，等真看到了那些，我才发现自己并不想成为那样的人。

2018 年夏天，我经人介绍，认识了一家省城的网络公司老总，我叫他王哥。

王哥跟我们当地电商办有业务合作。碰过几次面，我的想法和现在的经营模式让他颇有兴趣。他是个年轻有为的人，找我是想跟我聊聊盘活线下几十家合作社的事。这对我来说这是个大买卖，他没时间干，鼓动我来负责。

王哥的节奏特别快，快到我放下电话就要马上收拾行李跟他出差。其实出差跟我没有任何关系，他要带我学习，也好更进一步相互了解。

他们公司跟三个县的电商办都有合作。我们下午赶到 B 县，路程三个半小时。他从省城开车到我们这儿要四个半小时。路上他不停地给我介绍跟 B 县的合作项目，我看他有些疲惫，可是没办法，我眼睛有病，开不了车。我也不轻松，短时间内要记住好几个人名，以及他们之间的关系。我们都知道对方累，都不说。

晚上跟 B 县领导吃饭，他在酒桌上精神焕发，跟路上无精打采的他判若两人。我暗自佩服，演技真好。领导对他的想法很满意，我们喝了不少的酒。

我们送走了领导，领导让人把我们送回宾馆。

"咋样，没喝多吧？"我撒了泡尿出来问他。

"我还行，看你也没咋样，酒量可以啊。"他翻着包里的洗漱包说。

"我酒量一般，就是一般的酒场都可以。"我带着一腔吹牛的口气说。

"行。"他笑着点点头接着说，"哦，对了，起早有问题吗？"

"没问题。"

"那就行，明天咱们得早起。"

C 县的领导约好了中午见面，路程七个小时，所以得早起。

车上他又展开讲他的关系网以及 C 县的一些重要人物。

三个小时后，我实在受不了了。

"王哥，先别说了，休息一会儿，我大脑已经成一坨了。"我闭上眼睛，深呼一口气。

"别急，慢慢来。你睡一会儿吧！还得三个多小时呢。"他笑着说。

起早不是我擅长的事，熬夜才是，很快我就睡着了。醒来的时候看到他戴着耳机冲我笑了一下，表情平淡，那种平淡是一种长期积累的疲惫所致。

去 C 县的目的是参加一个线上平台的开幕式典礼，有市里的领导参加。他的团队为这事在 C 县已经忙了好几天。

开幕式前有很多准备工作，确保万无一失。我们热火朝天地干，我也做些力所能及的体力活。中午大家在会场吃了盒饭，一直到晚上 10 点才吃上火锅，一边开会一边吃。回到宾馆已是凌晨。我先睡了，他写他的发言稿，不知道他是几点睡的，只看到烟灰缸里有很多烟头。我们第二天 4 点半就起床奔赴会场。

我看到 C 县的负责人像打了鸡血一样四处指挥，还听说他眼睛里的红血丝很恐怖。在他们上台之前，我给他们每人配了一罐功能饮料，我觉得他们需要这东西把他们推上台。我似乎也只能做这些。这帮家伙真有干劲，我喜欢，这才是年轻人该有的状态。

典礼结束，台上开始文艺表演。C 县负责人下了台立刻去找地方睡觉了。我跟在王哥后面参观每个展位。

"你可以啊，真好奇你怎么还这么精神？找个地儿睡会儿吧。"我挂着一脸无可奈何的笑对他说。

"还不能睡，说一会儿可能还有领导来，也不知道什么时候来。来不来，咱说了也不算，等一等吧。"

他脸上始终挂着微笑，对每一个人都彬彬有礼，落落大方。

后来他找了个时间去车里给他 3 岁的儿子发视频，每次见他最开心的样子就是给他儿子发视频，还是真诚的笑最动人。

中午和电商办的领导吃庆功宴，晚上跟经销商吃答谢宴。饭店不一样，菜几乎一模一样，当地特色，各种鱼，介绍菜的那一套几乎都一样。

他白天没睡，晚上我们从一桌喝到另一桌。本来先说好了，我在必要的时候挡酒，他确实有点招架不住了。结果他碍于不差事儿的心态愣是扛到最后，我倒酒偏心他都不干，他说那么做不对。品格是好的，遭罪是自己的。

我们回宾馆时也已接近凌晨，他团队的所有骨干如释重负。

"今晚别住一个屋了。我有鼻炎，喝完酒打呼噜，这两天也没休息好，一会儿我睡着估计你在这屋也能听到打呼噜，所以我特意让他们把咱俩的房间安排得远点。"他醉醺醺地笑着说。

"今晚睡个好觉吧。你也辛苦了，明天不用早起了。"

事实上，我们第二天早上8点吃过早餐再次出发，赶往C县所在的市里。我不知道什么事，也没有精力问了，结果是去大学完成他延时多年的研究生论文答辩。我本想在车里睡会儿，但被冻醒了，就跑到教室里足足等了他三个小时。结束后他显得很轻松，又好像还在挂念着什么，原来是晚上他还有个酒局，他们公司在这个城市还有其他项目。这个酒局不方便带我，所以他把我送回宾馆就走了。

他回来的时候醉得找不到房间，听到他在走廊里喊着要给我打电话，我立刻开门招呼他们。这边的项目负责人搀着他，他跌跌撞撞，情绪非常激动，还在批评酒桌上这位负责人的过失，甚至谩骂。他很愤怒，愤怒不是因为酒桌上的错，而是工作中迟迟不能攻破的问题。

这里的技术性工作我几乎听不懂，躺在另一张床上看手机，这也许会让那个被骂得灰头土脸的项目经理不那么尴尬。我知道他垮了，活活地被累垮了才如此失态和愤怒。

那位项目经理临走时小声嘱咐我。

"把你的闹铃取消，他的已经取消了。明天我坐动车先回公司，千万别叫醒他，让他睡到自然醒。这几天你也辛苦了。"他勉强笑着拍拍我的肩膀说。

"好，你也早点休息。"

他喝完酒鼾声可真响亮啊！震得我一点睡意也没有。很快他的鼾声开始断断续续，大概停了十几秒，他突然坐了起来，大口喘气，随后又躺下。他在睡梦中的表情十分痛苦，把我吓了一跳。没过一会儿他又坐起来一次，然后又躺下。他的呼吸很困难，很恐怖，我想叫醒他，还想打120，但是没有。我迅速打开门窗，让冷空气灌进闷热的房间。我没敢睡，坐在我的床边，隔一会儿就凑过去看看他的表情。

我仔细地观察他的呼吸节奏，心生感慨，有钱人连喘气都这么与众不同。

又过了一个小时，我觉得他已经过了危险期，我也实在不行了，就睡了。

快节奏的工作结束了，我们在回程的路上很安静。每个人在疲惫的时候都渴望安静，不想再聊工作。但路程终究很远，我们开始聊起生活。

我的梦想是有一个小酒厂，酿出我认为最好的酒。他想远离都市，有一个自己的牧场。

"这几天下来我有点同情你。"我带着虚心的笑说。

"嗯？我吗？"

估计他身边没有人这么说他，所以他笑得有一点惊讶，也很好奇。

"嗯。"

"我咋让你同情了？"

"按理说，你拥有的一切都是我在努力追求的。昨晚看你那状态我问自己一个问题，我想不想拥有你的一切，包括你的累？不想。我觉得我现在的生活挺好的，你让我感到幸福。"说到最后一句我笑了。

"我觉得我也挺幸福的啊。"他也笑着说。

"嗯？你不行，你活得太累了。刚接触你的时候我觉得年轻人就该这个样子，干劲儿十足。这几天我发现你有点过分了。"

"我不干能行吗？上有老下有小，公司还几十号人等着吃饭呢，我怎么可能轻松？不像你，一个人吃饱全家不饿。"

"我没说到点上，但不知道怎么说。"

"我明白。"他略微叹气地点头说。

回到家后，我想赶紧写出一套完整的激活合作社的计划书。我的初步想法已经跟他们沟通过，没有问题。落实到细节，再深入，我开始陷入焦虑，疲惫不堪，精神萎靡，满脑袋想的都是这件事。夜不能寐，只为了把这件事做好。店里的事几乎甩给三姐，她还要照顾孩子，也很累。

我无法轻松地完成好这件事，很多细节上存在难以解决的问题。我必须得全情投入，一头扎进这个我并不是特别感兴趣的工作，于是我放弃了。

我越来越习惯于放弃，放弃了一个很好的发展机会，但不堪承受的重担消失了，还是回头踏踏实实经营我的线下小店。

乞丐

晚上 8 点，店里如往常一样熙熙攘攘，习惯了就不会因为生意好而兴奋，甚至有时候会盼着阴天下雨或者人能少一点。

顾客刘小黑进店时故意清了清嗓子，怕我不知道他驾到似的，背个小手。他总是穿着体面，看起来很带派。实际上，他月工资还不到三千，有车舍不得开，怕费油。即便如此，他身上的穿戴也不止三千，尤其那块镶了金边的表，我给他的拿货价还要三千多。他老婆工资也不高，但是他爸妈退休工资加起来八千多，岳父岳母还会给一些，所以也就能理解了。

我身心疲惫地坐在椅子上，让满屋的顾客随便逛。我掏出烟扔在桌子上。他很嫌弃地抽出一根。

"能不能整点好的？还抽这玩意儿？买卖比以前大了，这也得配套啊，这么多年就没变过，厂子都快让你抽黄了。"

"放那儿！"我说。

"也就我能将就你这玩意儿吧。出门办事别往外掏，让人笑话。"他不以为意地点着烟，还把屁股放在我的桌子上了。

"看我这衣服好看不？"我拎着肚子前的大兜说，这帽衫很年轻，还是绿色，让我有一种老黄瓜刷绿漆的喜悦。

"你穿衣服能套进去就行，什么好看不好看的，你在乎吗？"他用蔑视的眼神看着我说。

"多年轻，像18。"

"别恶心我了啊，18块钱还差不多。"

"高了，收回来那堆破烂，一件只8块。嘿嘿。"

"行。挺好。不露肉就行呗，你除了吃在乎过啥？"他无奈地笑着说，眼神相当嫌弃。

"以前也卖一百多呢。品牌的。"

"嗯。五年前的一百多现在还不止一百多呢，货币贬值了，现在得值五百。"他故意嘲笑我。

"穿着挺舒服的。"我还在到处看我的新衣服，真心挺满意，尤其大肚兜，能同时装下烟、钥匙串和我的大手机。

刘小黑每次来都下意识地盯着屋里的顾客看有没有顺手牵羊的，店员有没有偷懒之类的。我以前也看着，后来就不管了，只要顾客和店员不叫我，我谁都不想理。

营业时店门口很少有车停，即便停了我也会赶走。我是车盲，在我眼里只有好车和破车，认识的车标寥寥无几。

一辆好车停在门口，车很大，轿车里的巨无霸，近乎挡住我的店的整个门脸。他的车很少见，所以我知道是他后笑容立刻生成，跟对刘小黑的一脸死相截然不同。我的表情变化不禁让刘小黑也回头看看什么情况。

"今天这么闲呢？坐会儿。"我起身招呼他，让出了我自己的位置。

"今天没事儿。店里人挺多啊。"他毫不客气地坐在我让出的位置上。

"整一根。"

我亲自掏出一根我的低价烟递给他。刘小黑默默看了我一眼，手下意识地插进兜里，一副掏也来不及的遗憾。

"谢谢。"他很客气地接过烟，前倾身体迎接我点烟。

"跟我客气啥？哎，看我这衣服好看不？"我说。

"呵呵。还行，就是颜色有点太嫩了，不太适合你。"他沉稳地笑着说，总是一副端庄可亲的状态，让人觉得不像二十七八岁的小伙。

"我觉得挺好，跟我的心理年龄比较搭。"

我知道刘小黑清嗓子是听不下去了，别人看不出来。

小帅哥今天来什么也没买，只是路过进来看看，简单聊了几句，抽完烟就走了。不买我也欢迎他，因为他消费到了，所以他不买，每次来我也让他带点轻松的满足感再走。

他走之后刘小黑说我贱，不像我的性格，反正我对他的评价不太在乎。刘小黑尤为羡慕他靠直播发财了。我看过一次，不到一分钟就关了。

"宝贝们，帮主播带走礼物好吗？"

刘小黑今天带来一个消息，说明天寺庙的佛塔开光，阵势相当大。据说全国各地的高僧来了很多，周边的信徒和游客挤满了县里大小宾馆。甚至今晚就有大量人马冲到山上，担心明天挤不上去。我这个无神论的大忙人听后很平静。

他走后我忽然有一个想法：去山上卖衣服。不久前搞了一挂车库存衣服回来，不太好出手。秋天白天热，晚上很凉，我料到一定有粗心不扛冻的人。

一想到山里，就好像一辆割草机开进了心里，一定很好玩。

我成功地怂恿了三姐一家三口上山。三姐夫为喝酒，三姐为了帮我卖衣服，也为了看热闹，外甥纯粹为了好玩。我们备足酒菜上路，心情特别好。

山下的两个大停车场已经停了很多车，场面看起来确实和传说的一样壮观。

我们在停车场找了位置，车里放上音乐喝酒撸串。只是灵山脚下我们越喝越消极，总觉得不妥。

其实我们家人都不信佛，来这里纯属为了玩，顺便发笔横财。

"行了，别喝了，赶紧卖衣服去，干啥来了。"三姐生气了。

"现在几点？"我问。

"10点半。"

"不急。没到半夜还不够冷，不够冷就不需要。卖不上价。"我边吃边说。

"不喝了就不行，你这样就不怕遭报应？"三姐越来越生气。

"我又没违法。再说佛祖慈悲为怀哪能跟我一般见识？行了，不吃了，瞅你那样，下次不带你。"

我和三姐一人背着一袋衣服，我鼓励小外甥跟我一起大声喊叫，把一排排车里半睡半醒的人都喊醒。三姐怕碰见熟人，干这事没面子，又领孩子回车里去了。

月黑风高，人们都在车里睡觉。我身心滚热地叫卖着。

"有需要衣服的吗？后半夜更冷啊！"一遍又一遍。

第一单两件，一男一女。他们穿着短袖，放下车窗探出头，颤巍巍地问我。

"啥衣服？多少钱啊？"

"50，厚的，抓绒。"

"这么贵？"

"我可不是趁火打劫的，你看这衣服质量，后半夜更冷。"

"行啊，行啊！来两件。"

凭良心讲，我那衣服卖得真不贵。就像第二顶帐篷里钻出的可怜头说的一样："哥们儿，你这也是做好事儿，积福报。"

山下停车场离上面的停车场还有将近一公里的山路，寺庙也在那儿。我独自一人背着一袋子衣服艰难地往上走。中间路过一个乞丐比我更难，他很敬业，为了一个好的位置，从晚饭后开始爬，到现在还没到目的地。我路过时他正坐在地上休息，跟我借火抽了根烟。

"加油！"给他点上烟我就走了。

快到凌晨的时候山路上人很少，蛙声、野虫、树叶和流水声很好，这是我久违的安宁，也是我来的主要目的。

一辆还不错的车打断了我赶路时的气喘吁吁。

"这是去哪儿啊，哥们儿？"他落下车窗问我。

"上上面。"我坐在袋子上休息。

"上去干啥呢？"

"卖衣服。"我指着屁股下面的袋子说。

"能卖出去吗？"

"肯定有冷的，刚在下面卖好几件了。玩呗，当锻炼了。"

"你上车，我带你上去吧。"他笑着说。

"谢了，不用，难得运动运动，走走感觉挺好。"

"不要钱。"

"我知道你不要钱，做好事呗。"

"真不用？"

"谢谢。不用。"

他是好心人，但他却理解不了我此刻的感受有多爽。我是真心在享受这静夜，享受着气喘吁吁。不过大哥虽然人不错，我觉得他就是故意在这特别的日子好好表现，希望日后得好报。我不信他天天干这事，当然，做了就比不做强。也没准他跟我一样，来换个心情。

到了山上停车场，我喊叫着，威胁着睡梦中的人后半夜更冷，我甚至想残忍地喊醒那些已经半睡的人，不过我也有底线，路过那些没熄火开着空调的车不会喊得太猛。

大巴车旁一个中年晚期女人抱着肩膀招呼我过去。不过我不喜欢她的手势和语气，瞬间让我觉得自己像条狗。

"什么衣服？"

"抓绒。50。"

"怎么还要钱啊？还以为是庙里的义工。"她不屑地瞥了我一眼。

"为什么不要钱呢？棉袄一百呢。"

"哦。算了，算了，不需要。呵！"

这个可恶的老女人把我叫过去肯定不是为了鄙视和嫌弃我的，看她穿那么点华服准需要一件厚衣服。

"后半夜可更冷哦。"我看她可怜的骄傲忍不住笑，也是一种讽刺，故意让她讨厌我，因为我讨厌她。

"什么人啊！什么破衣服还50呢？都是旧的吧，白给都没有人会穿。哼！"

我笑得实在有点忍不住，但是我转身继续叫卖：

"有需要衣服的吗？后半夜更冷啊！"

笑是有杀伤力的，尤其在对手痛苦的时候你越开心她越难受。我有点听不清她在嘟嘟什么，好像是在骂我，呵呵。

快到寺庙门口的时候有几个人叫我过去，我以为起码能卖几件。走近了发现是几个扎堆闲聊的和尚。我喜欢和尚，他们多数有一股淡然劲儿，多数都向善。今儿是他们的主场，我本想送他们一人一件套套近乎，因为我不但喜欢和尚，更喜欢寺庙，喜欢这里的安逸和宁静，还喜欢信仰和有信仰的人。这些跟我不信佛不发生冲突，两回事儿。

偶尔疲惫的时候想到山上的庙里住上几天。可是他们只能穿庙里的衣服，关系没套上，不过他们告诉了我怎样能在庙里住，带身份证登记就行。

后半夜的庙里仍然一派热闹的景象，灯火辉煌，川流不息。还有很多人没睡，他们的情绪处于常态的至高点。几个人正议论着即将开光的佛塔，他们愣说这塔有灵光，把他们奇妙得不行不行的。

"你看神奇不神奇？这塔周围有一圈灵光。"

一个女孩拿着手机让我看她拍的照片，状态跟我喝多时有点像。

"哎，还真是，太神奇了。"我配合她的神情说。

"我的天哪！太神奇了。"她还在欣赏那照片。

"哎，你们要不要衣服，厚的。一起来的有没有穿得少的，后半夜肯定冷。"我打开袋口让她们看。

"不用不用，谢谢。"女孩笑着说完继续沉醉在她的照片里。

"到这种地方怎么可能卖得出去？"一个中年大叔说。

"万一有冷的呢。"我笑着说完扛起袋子就走了。

在庙里逛一圈没怎么喊，我怕和尚抓我。虽然人家做大买卖的不能把我怎样，可我也不是非要卖完不可，为了玩给别人添麻烦不太好。

大概凌晨 1 点多。下山的路很静，一个人也没有，我很享受这寂静的山林，我和我轻松的脚步声，还有愉快的心情。很快我又路过那乞丐，他在那儿浑身发抖，缩成一堆。我走过他十几米后停下，然后转身走向他。

"给你，穿上吧。看把你冻的。"我从袋子里掏出一件棉袄给他。

他很感激，慌忙把衣服穿上。他的腿很细，细到无法行走，却跪在水泥路上，不知道跪了多久，还有多久。我又掏出一件棉袄打断了他不停的感谢。

"用不着谢。卖不出去，也不值钱。"

我决定不走了，坐在袋子上，给我们各点上一根烟，切磋一下人生。

"咱俩唠会儿呗。我也无聊，你也没事儿。"我说。

"行，行。"

他很听话，表情里只有服从。我问什么他就回答什么。他47岁，看起来像67岁，乞讨生涯刚刚一年多，迫于无奈。父母已经70多，没有劳动能力，他是先天性小儿麻痹。

静静的，只有我们两个。他跪着，我坐在袋子上。

"我没有文化，也没怎么上过学。从小就靠爹妈养着，他们也就是个种地的，我就是一个废人，啥也干不了。"

"怎么能说啥也干不了呢？你这不是也开始工作了吗？"

"这算啥工作，好人谁愿意干这个？我是实在没办法了。"他接过我的烟，语气中有一种自暴自弃的味道。

"曾经我也以为自己是个废人，啥也干不了。其实我也是残疾人，视力三级，有证。是一种罕见的黄斑病变，不但治不了还会逐渐恶化。我绝望过。我一个朋友的一句话让我思考很久。他说你必须得接受现实，并接受不能改变的现实。接受哪有那么容易，谁知道我的视力一点点变差都承受了什么样的煎熬。可是现在，我发现也没什么难的，就是看不清而已，然后我慢慢发现越来越多我能做的事儿，直到现在把自己忙得不可开交。其实我想说人苦的是心里，如果能战胜自己，其实生活真的挺好的。"

我本意是想鼓励他，这段话我跟很多身体健全的人说过，可跟他说我意识到自己脸上带着一种非常奇怪的笑，就好像是一个小孩给长者讲道理一样的滑稽。

他知道我的好意，状态很平静，这种平静散发出一股无人能懂的孤独。在黑夜的映衬下他的身影格外凄凉。

"你是个好人，好人会有好报的。"他还处于思考中，语气低沉。

"我可算不上什么好人。今天是时间特别，环境特别，心情也特别，平时我不会在乎你。"我的语气很坚定。

"这都是命里安排的，人改变不了命运，我是个苦命的人。"

"我只相信人能改变自己。我也苦过，虽然跟你比那不算啥。其实本质也差不了太远，当我从谷底一点点爬起来，才慢慢感受到人生如意。有些人身体健康衣食无忧可内心绝望，我也见过全身瘫痪乐观生活的人。"

"你说得对，说得挺好的。我就是没有文化，说不出来。能活着就不容易。"

"能活着就不容易。"

我被这句话撞击了，好半天不知道该说什么。我们瞬间陷入沉默。

我喝完水看到他在看我喝水，并且没有水。

"介意吗？我保证我没有传染病。"我把水递给他说。

"不介意不介意，太谢谢了。"他慌忙接过水喝了起来。

我默默地看着他，百感交集。

"我下去给你拿点吃的吧，我山下有吃的。"

"不用不用。谢谢谢谢。我不饿，晚上吃饱上来的。"

"别以为我是个好人，你也用不着这么谢我，对我来说这不算什么。而且我以后也不会帮你。"我莫名其妙地失落，语气都没有平时硬气了。

"这……这已经很……太谢谢了，感恩，感恩。不帮忙也正常，帮了就感谢。"

"人都有善的一面，咱俩也一样。"

"嗯嗯。"

"我现在生活可积极了，心里没有啥过不去的坎儿。以前不行，还抑郁过，那时候每天就想怎么死，把自己和家人折磨得够呛。现在想想其实就是心眼小，想不开。"

"嗯嗯。"

忽然意识到灌鸡汤很恶心人。是朋友？哪有这么听话的朋友？

后来我换成平时跟朋友聊天的状态跟他扯淡，很开心，抽了一地烟头。天开始蒙蒙放亮，陆续开始有人往山上的庙里奔。

"有人路过你怎么不要钱呢？咱干啥来了？"我望着行人的背影跟他说。

"呃……呵呵。"

他是不好意思在朋友面前做他觉得丢脸的事。

"你们好。你们帮帮他呗！挺可怜的。一块钱也是安慰呀！"我向路过的游客或者是信徒帮他乞讨。

过了几伙都没有给钱，看我的感觉怪怪的，还有些人躲着走，明明听到了也不看我们，是故意不看我们，我也这样过，能理解。

我竟毫无顾忌地在乞讨，只想帮他多要点钱，只因为听了他的苦难。

"你得自己要啊，别光磕头，有些人都不看。喊出来。"

"大慈大悲，帮帮我吧。阿弥陀佛。"他一边磕头一边念经，一遍遍重复，根本不在乎哪个是潜在客户。

"我就不信我一分钱都帮你要不来！"

看到行人我比他积极，他有点不好意思让我开口，想阻止我欲言又止。有一对年轻情侣给了一块，我保证是被我吆喝来的。另一块是我用一只手电筒换的，作为给对方的纪念品。我很开心。

"好了，要了两块。不跟你聊了，我要下山了。"我很开心，从袋子上站了起来，伸展因久坐而僵的腿脚。

他猛然抬头，一堆感谢的话堵在嘴里，但我很庆幸他没给我磕头。他看到我的手伸进腰包时突然激动地阻止我，试图抓住我伸进包里的手又碰不到，差点趴下。

"别别，你可别，你给的已经够多了，都不知道怎么谢你了。我不能要你的钱。你也不容易。"

我把这一晚上卖的和一打零钱都拿了出来，然后用一条胳膊斗他两条胳膊。不想跟他斗，就把钱扔在地上，哗啦散落一片。

"我比你容易。"

"那也不能要你的钱。你快拿回去。"他趴在地上快速划拉着散落的钱说。

我竟然把他弄哭了，但我不知道说什么，也不想看他哭。

"谢谢你的故事。"说完我便扛起袋子扭头走了。

下山的路很长，经过了越来越多的过客，全然不觉就走到了山下。冥冥中有一种愧疚感，又不知道是什么。

回到车里，看到三姐一家三口还在熟睡，我本想睡上一会儿，大脑却异常清醒。我凝重地望着窗外的朦胧一动不动。

天完全亮了。陆续看到很多残疾人，亲眼看到有的从还不错的车里下来，画得一身悲惨。忽然间恍然大悟，我错了，错在不该用我的经历鼓励他而没给方向。

那些专业的乞丐很会截流，高音喇叭里的故事听起来很惨，这种专业让我倏然生畏。事实证明他们财源广进，眼看着发了一笔横财。三姐夫也看在眼里。我没跟三姐夫说给他钱的事，这场面会让他误认为我很傻。

其实我不傻，同样的钱，跟朋友一顿酒能换来个啥？没人知道我们在那漆黑寂静里的感受，还有他含泪的激动和我无可奈何的沉默。这些新鲜的感受很宝贵，在我迷茫的时候这一段会变成一座遥远的灯塔引路。

生活的主旋律始终是平凡。天气好夜市人就多，店里生意就好。

我让外甥和外甥女拿一些闪灯去人流中卖，卖的钱一半归我，一半任意花。俩孩子很久没回来，我们有点担心，我便去人流里寻他们。他们头上身上都是闪灯，好找。

两个娃儿今晚很开心。看到我都围了过来，每人上缴十几块的本钱，又合伙给我买了一碗臭豆腐。我们三个分别带着自己的小吃往店里走，在人流中绕来绕去穿行。途中我们绕过了一个乞丐。他趴在人流中，身下是一辆带轱辘的板车，缓缓前行。他没有双腿，浑身肮脏。我们三个和大多数人一样绕过他，为他们俩今晚的战利品开心着。

装死

我的两个店冬天就到了淡季，紧张忙碌的一年忽然闲下来，还有点不适应。

距离过年还有一个月，我在隔壁县城突然开了一家店。房子290平方米，处在繁华的商业区二楼，挨着县城最大的超市。

种种原因导致生意很差。经历了十几天的焦虑、纠结、挣扎后，我接受了失败。

上午10点，外面早就热闹了，商业街的那种乱闹。我醒了，但是我不起床，因为赖床很舒服。我没有骗自己，说好了年前剩下的半个月不再挣扎，赔了就认了，全当买个假期，所以休假不好好休息那就更亏了。

不起床，明明听到铁链子锁在晃还是不起，心里窃喜。就不做金钱的奴隶，躺够再说，不想好今天吃什么坚决不能起，有尿也憋着。

休假是一直梦寐以求的，我圆梦啦！

至于一天能卖一百还是五百我已经不在乎了，反正之前一直在这个营业额区间。反正不管怎么算，最差赔两万，到月底就撤回家过年。

来者是我爸的老铁，他到这个县城也没几年。我来了他很高兴，经常来我这儿关心关心。看到我生意惨淡，他每次来都愁眉苦脸。

中午他披着貂皮又来了，我正在刷牙，牙刷棍在嘴里来回捅。我从卫生间探出头来一看是他，"嘿嘿"一笑。

"刚才咋没开门呢？"吴叔问。

"刚起来。"

吴叔没说话，我能感觉到他的眉头瞬间聚在一起。他也不看我，看这偌大的商店空无一个顾客。

"叔，别上火。我算了，最差赔两万。"

"想想办法呀，不能这么挺着呀。"他双手插兜，四处看我的商品。

"剩不到半个月了，之前该做的也都做了，宣传也有费用，来不及了。正好我也想歇一歇，折腾一年了，也累了。"

他明白，可还是不笑。跟我爸妈一样，听得懂这个道理，但就是不开心。所以我赔的不止两万，还有关心我的人和我爸妈的精神成本。好在我这边不但没赔，还赚了个假期。

这事儿把我爸折磨得都不理我了，我越安慰他，他就越讨厌我。那我只好享受我的，你难过你的。

开这个短短一个月的临时甩货店，我早做过赔钱的打算。我不了解这县城，想开分店有人说行有人说不行，行不行我要自己给自己答案，所以我来试试。

我相当于花两万买个答案，另外还送了半个月的假期，很划算。但是他们觉得不划算。

同样花两万买个貂儿披身上，他们觉得划算，有面子。我觉得不划算，因为他为那件衣服付出了管理成本，精心打理，那可谓小心翼翼，担心它受伤，担心别人不知道他这件是大商场的货。

似乎都觉得虚荣心是个有必要的东西，它确实能给人带来满足感。我就不用它来满足自己，我有本事让自己觉得自己还不错。

失败一旦成为定局，就招来家里人的各种批评，把之前夸我的话全撇了。不管这是好心好意还是关心，我都觉得没必要。

爸，你骂我有什么用？对已成事实的坏结果，愤怒解决不了问题。搞得我都不好意思开心度假了，总觉得在这个时候开心有愧。

不论是赚钱还是买貂儿不都是为了换开心吗？如果在这个时候正常人应该不开心，不正常的人才开心，那我愿意不正常。

我三姐的闺密刘姐待我像亲弟一样，也是开店失败最大的受害者。刘姐每天中午送完孩子都会来，她怕我一个人忙不过来。事实上她每天总站在窗前看外面的人来人往发愁，我们一起想过很多办法，都试了，还是徒劳，我就放弃了。

下午店里依然安静，毛毛鬼鬼祟祟地把头探进来，发现我们看到她才肯进屋。

她是个 22 岁的胖丫头，也是刚被我解雇的员工。她妈是对门保险公司的一把手，不图她挣钱，只求让我帮忙带一带。

"哥，姐，你们干啥呢？"毛毛小心翼翼地关上门说，生怕动静大了震到我们似的。

她今天穿一身粉色，看起来像个大布娃娃。眼睛在我俩之间来回移动，似乎希望谁能把她的问题快点解决了，或者说点什么都行。

"毛毛来啦？今天衣服挺漂亮啊。"刘姐站在窗前，双臂交叉在胸前笑着回道。

"漂亮吗？周姨给我买的，还是去年买的呢，她总给我买衣服，还给我买好吃的。"毛毛欣赏着自己的衣服，一会儿扯扯这儿一会儿拉拉那儿。

"好看。"我坐在门口的椅子上说。说完把手机屏幕关了歇歇眼睛。

毛毛的到来让我俩不那么无聊。她很讨人喜欢，她的可爱不是装的。她是因为用了激素导致智力停止发育，成为一个22岁的活在童话世界的女孩。她没有成年人的烦恼，会因为一点点小满足而特别开心，或许也会因为一点点小事而特别烦恼，好在我没见过那样的她。她就是一颗开心果，一个连放屁都丝毫不遮掩的女孩。放屁的事我和姐都提醒过她，她会迅速羞红着脸说自己没注意。

我开始因为她的笨生过不少气，后来也不指望她能创造什么价值，不添麻烦我就心满意足了。其实她工作很认真，很想做好，也在尽力做好，按照她认为最好的方式去做。可是我的生意太惨了，也想静静，就把她炒了。她没有因为失去工作有半点郁闷，几天的工资666.66元，她足足兴奋了两天，那是她第一次靠自己赚来的钱。

毛毛比很多人都幸运，她是快乐的、幸福的，她自己也这么认为。聪明让很多人变得复杂，很多人又疲于复杂。

我妈第一次来这店的时候她把我们都惊了。她一看是我妈，异常殷勤地挽着我妈胳膊嘘寒问暖，还让座，眼睛直勾勾地盯着我妈，像是在期待一个好评。

我妈的笑无比坚硬，突如其来的热情让我妈有点蒙，想要一个答案，想问我这是不是她未来的儿媳妇。

我把我妈的胳膊从她手里抢了过来，笑着呵斥道：

"干活儿去！"

"哦。"

她很听话地把我妈胳膊交给我问："干啥呀，哥？"

"随便，想干吗干吗。"

"那我不知道我想干啥呀！"

"你去把那些货挂在货架上。"我指着箱子里的货无奈地笑着说。

"哦。可是往哪儿挂呀，哥？没有地方。"

"你把上面的摘下来不就有地方了吗？"

"哦？那为啥呀？"

这让我很无奈，又觉得好笑，我妈还急着等我的答案呢。

"你就干吧。"我不耐烦地说。

刘姐是个冰美人，在一旁看着也笑个不停，只有毛毛不知道我们为何异常地笑。

"你们都笑啥呢？"她一脸茫然地问。

"我妈说她明天来，今天就来了，高兴呗！"我跟她解释说。

"走，毛毛。我带你干活儿去，不摆这个。"刘姐笑着说。

"哦，那是挺高兴的。"她还是一脸茫然地说。

我妈还是有点担心，跟我挤眉弄眼。我带她往里面的卧室走。

"咋样，妈？这个行不行？年轻还胖乎。"我揽着我妈，趴在她耳边小声地说。

"滚犊子！"我妈松了口气笑着骂道。

或许是因为假期过于舒服吧，我处在一种极度安逸的状态。这种生活状态让我没有重心，没有追求，没有感觉。

一个人买菜做饭，一个人喝酒到醉了，不欢喜也不悲哀，不念旧也不想未来，只要当下。

尤其是晚上，空荡荡的，只有我和风发出的声音。我不想深入寂寞里，我便幻想鬼神一类的东西，我需要恐惧，起码那也是一种刺激的感觉。恐怖片都太无聊了，吓不着我。我便自己想，异常的声音和黑暗的角落里，它们无处不在，可越想怕就越不怕。我害怕连恐惧都没了，于是我哭了，我不知道该跟谁说这种感觉。一想到没人可说，我号啕大哭。哭了一会儿觉得自己这样很好笑，于是我又笑了。

我必须再多喝点酒，喝醉了。醒着不是醒着，梦也不是梦，悬浮在一个高于现实又低于梦的维度里。最多的感觉就是平静。这是我一直追求的平静吗？如此恐怖，却很享受，也不敢沉溺其中，我担心那极乐便是死亡。我不想死，也不该死。

这种感觉持续了四五天，估计是酒喝得太多了，陷入意境太深。

这几天发生过很多琐事，可我什么都记不太清了，能记住的是我烹饪的大骨头汤很美味，还有喝醉过很多次。

最后几天外甥、外甥女放假来了，我们在小城里到处吃喝玩乐相当开心，尤其在滑雪场，笑得不管不顾。两天后的晚上二姐夫开车来接他们回去。

就是玩得太开心了，我合计吓唬吓唬二姐夫，跟孩子合谋把地面搞凌乱，商品扔了满地，等二姐夫进来的时候我们横七竖八躺在地上装死。

算好时间我们就躺下了。

"哎呀，我的妈呀！"

听到声音我立马从地上爬了起来，没想到先看到我们的是房东。房东是个70岁的老头儿，常跟我说有事找他，他大儿子是公安干部。他看到这场面吓坏了。

"大爷，没事！别害怕，跟孩子玩呢。"

我无比尴尬。30来岁的人了，还扯这个淡。老头之前对我的好印象估计全毁了，他肯定觉得我不正常，有时候连我自己都觉得自己不正常。

第九章　深入蛮荒

　　我在梦境般的河边独自喝酒，躺在砂石地上仰望星空。

　　我禁不住唱起来。

　　"你能不能别唱啦！小心把狼给招来。"

　　帐篷里传来二姐夫愤怒的抱怨。

　　"哎！有船吗？船来啦！有人吗？狼也行，过来喝点，我二姐夫不陪我喝。"我的喊笑声响彻山林。

荒野

2019 年 5 月 2 日，我们一家人去爬山。那是我们聚得最齐的一次。

大姐一家四口，二姐一家三口，三姐一家三口，我爸妈，还有我。不过我不知道我该怎么算，因为我不在爸妈的户口本上。我自己单独一个户口本。好像是为了买房还是怎么着，忘了，有几年的事儿了。被踢户那天，我爸把我的户口本交到我手上时特意强调了一下："我可不是不要你哦，就是户口分开了。"

那年我也快 30 了，每次大家分小家的时候，我就和我爸妈算一家。有时候大姐和三姐表扬"我儿"时，我妈也话里话外吐露下"我儿"。

这次好不容易聚得这么齐，我们一起开了两台车上原始森林景区爬山。我们家人不但体积都偏大，笑声也大。两个半小时的车程，也就大笑了两个多小时，到景区后就只剩下一个"饿"字，笑太耗体力。大家瞬间聚拢在食物周围。

三个姐姐负责给干豆腐刷酱，还有卷葱和菜。还没等第二拨菜卷完，第一拨的就已经进肚了，烧鸡和熏兔更是瞬间就被扯没了。

"还没到中午呢都吃没了。行了，都别吃了，这刚几点啊！"

我爸一看这势头，急了。

"爸，一会儿爬山，需要体力。"二姐边说边往嘴里塞，塞满了也堵不住话。

二姐已是五个服装店的小老板娘，跟外人吃东西她不这样，事实上我们都不这样。

"没事儿，爸，等下山了去饭店吃。"三姐吃东西不拼速度，她尤其在意不弄脏她的衣服。

"还有黄瓜吗？"三姐夫小心翼翼地问三姐。

"你别吃了，没两根了。"三姐回道。

"张嘴就饭店，饭店得多少钱啊？"我妈本来看抢食是笑的，一听上饭店变脸了。

"妈，好不容易大家一起出来玩一回，你就别管了。"二姐说。

"这一个个的，花钱都不考虑。"我爸对我妈说。

"哎？你们有没有觉得这兔子味道有点不太对，怪怪的。"大姐夫问二姐夫和三姐夫。

"别这么多事啊！不吃拉倒，正好还不够呢！"三姐夫说。

"不是，我就说说，不觉得味道有点怪吗？"大姐夫又说。

大姐夫是当领导的，精致食材吃得比较多，嘴刁。他也是唯一一个靠战术不进厨房的人，他只牺牲了两条鱼和两次超级认真的态度就赚到了我大姐。

第一次是婚前亲自用牛奶精心炖鱼送到大姐单位以表真心，第二次则是婚后在他家招待我，还是炖鱼，用了将近一瓶料酒和大量中药。

然后就把我大姐骗走了。

"都让谁吃了，咋这么快就没了呢？"二姐夫四处看看问。

"你看大脑袋，往那儿一蹲，一手肉一手菜，闷头就是吃。"三姐夫口气阴冷，死死地盯着我。

"我一会儿抱孩子，你抱，给你。"我蹲在地上回过头，把吃剩的肉菜举起来冲着三姐夫说。

"哎呀！咱一会儿有人抱了，你俩谁想让舅舅抱啊？"大姐一听，赶紧笑着问俩孩子。

我们一家出来玩，一会儿听他的一会儿听她的，每次集体活动都吵得脑袋嗡嗡响。所以我躲起来闷头吃是躲避是非，憋足劲干实事儿。

吃完就爬山。

原始森林的山除了一条木栈道外，到处都是原生态的纯野味，没有人工雕琢的痕迹。身临其境，浮世里的所有烦愁暂时都不见了。

木栈道依河而建，流水声、野鸟声和野风撩动的万物声交织成调情曲。反正我是被调得心旷神怡，即便抱着孩子呼呼喘，我们家人也是精神焕发。

爬到三分之一处时，我看到河道上和背阴处竟有大片冰雪，踩在冰上，即使穿着短袖也不觉得冷，非常神奇。

女人们没完没了地给孩子拍照，各种角度，每个地方都要来一遍。搞不懂此行是为了拍照还是看风景，但不论为啥，开心就好。

家人多数都选择在中途折返。我和一脸疲倦的大姐夫则站在一览众山小的山顶俯瞰群山。他的疲惫不只是爬山累的，主要是在单位里爬升累的。

"这种感觉真好。"他吐出疲倦感慨道。至少那一刻他的灵魂得以解脱了。

"我忽然有个想法，我想徒步穿越这片原始森林。"我望着广袤的山野欣然地说。

"荒野生存呗？"

"对。背个小书包，带点肉。"

"真正的荒野生存都不带吃的，那才叫挑战。"

"饿死犯不上，你有没有兴趣？"

"想法不错，值得考虑一下。"这个想法就像一粒种子在心里生根发芽，我总觉得山里的清宁能消解生活中的种种疲惫。走在寂静广袤的森林中，心里就特别静。

原始森林

春天快要结束的时候，我出发了，不过是跟二姐夫同行。

大姐夫得在单位爬升，所以爬不了山。我和二姐夫都是开店的，虽然没有假期，咬牙挤一挤也能挤出几天时间来。

装备一件件到位，我是心满意足的，看着它们就爱不释手。家人觉得没啥正经用，轻轻地瞥一眼就过了，他们要是知道多少钱准不会那么平静，这还是我仔细斟酌后的价格呢。在网上学的野外生存技巧也都装进脑子里了，仿佛已经去过很多次了。平淡枯燥的生活有这么一个专心致志的念想就好玩多了。

让我意外的是，这次跟家人说上山竟然没有人反对。可能是我长大了的缘故吧，也可能是阻止也白扯，我们在常年的斗争中学会了礼让。事实上家人也不情愿，在他们眼里这事儿绝对叫扯淡。

出发前，我做好了一个人上山的心理准备，也做了大量功课防范意外发生，只是还没有正式通知家人。正巧大姐在家人群里发了一个视频，一个男孩在斑马线上摔倒，很快头部位置出现大片血迹，男孩抽搐几下就静止了。

所以我买了几份意外险，目的不是让家人发财，现在的我已经不再想死。只是总有意外，万一发生后，也算一点安慰吧。

没想到最后二姐夫随行。一是他很想跟我玩，二是家人不放心，三是他有车。其实我想坚持一个人，为了我想要的寂寞。这理由跟家人没法开口，他们不会理解还有人想要寂寞。后来我没坚持，坦白讲，我也有点怕。

我们进山，开车 60 公里，直到无路可走。

我们把车停在一户养蜂人家里，开始正式的徒步之旅。

我喜欢大自然，但又说不清喜欢它啥。只是越往深处走，心里就越兴奋。二姐夫从进入无人区后似乎不怎么喜欢野味了，有点太野了，一点人的气息都没有。情绪逐渐低落，精神越来越紧张，看来他是有些后悔了。

沿着小河一直走，路比想象中难走，灌木丛生，到处是荆棘、沟壑，还有枝条。这对我的视力是一种挑战，眼神差是不行，但不过是多挨几下抽，多绊几回脚而已。

一直向前走，直到遇见心中那片美景。

预计走到下午3点钟左右安营扎寨，结果在中午12点就到了一片让人流连忘返的地带。这里溪水分流，有小瀑布和高大雄伟的古树，唯独没有太适合扎帐篷的空地。

"怎么样？你就说漂不漂亮，漂不漂亮吧？"我气喘吁吁地走在前面回头问他，笑容就像锁定了似的。

"嗯。好看是好看，就是有点瘆人，你慢点，别摔喽，笨手笨脚的。瞅着点树上，别挂条蛇啥的，你那眼睛也看不见。"他十分警惕地四处张望，因为紧张，四肢比我还笨拙，所以他才说我笨。"瞅你吓得那熊样，别让母熊看着给你扑上。"我抹掉额头上的汗继续向前走。

"我怕啥，我就怕你害怕。"

贪心让我决定继续走，我坚信前面有更美的景色。不出所料，没多远踏上一个小山脊，眼前一派豁然开朗。这儿有一小块平坦的空地，扎帐篷足够。左边是一个篮球场大小的池塘，碧水清澈见底，卵石铺底，四周环树，是个绝美的天然游泳池。右边是潺潺溪流。青山作衬，蓝天白云，鸟语清风。

我决定不走了。也许后面还有更美的景色，可这里已经足够了。

安营扎寨，洗米做饭，撑网捕鱼，忙得不可开交。这场景似乎经历过，很熟悉。在我想象中经历过很多类似的场景。我们心情都不错，尤其是我。

很快天色渐暗，气温骤降。比预想的要冷很多，我们的帐篷被一层水珠笼罩。二姐夫早早地钻进了帐篷。荒郊野岭的，到处都是怪叫，他多次劝我别喝酒。

我坐在梦境般的河边独自喝酒，仔仔细细地品尝着一切。河流的水声卷走所有疲惫，带来不一样的黑夜。气温越来越低，口中的白气夹着酒味一股股喷涌而出。我醉了，星空灿烂，心情很亮。酒精让我感觉没那么冷，坐久了腿会麻，索性躺在砂石地上仰望星空。它没有边际，它在想象中存在。浩瀚的宇宙，渺小的我，如此浩瀚，如此渺小。一切因生而存在，因死而消逝。如此而已。

我禁不住唱起来。

"你能不能别唱啦！小心把狼给招来。"

帐篷里传来二姐夫愤怒的抱怨。

"哎！有船吗？船来啦！有人吗？狼也行，过来喝点，我二姐夫不陪我喝。"我的喊笑声响彻山林。反正在这耍酒疯没人知道，可劲喊叫。

"你有点太烦人了你，狼真来了咋整？太闹心了，别叫唤了啊。"

"你出来坐会儿。外面太好了，这星星，这小林子，这小河。"

"你少喝点吧啊，这不是在家。跟你来呀，老后悔了。"

他接二连三地叹气，我忍不住地发疯，放上音乐，唱歌跳舞，尖叫大笑。

"你疯啦！能不能消停点！"他的愤怒声更响了。

"你不懂！这样野兽才不敢靠近。你放心，来了也没事儿，有我呢。"

他怕极了，烦躁得想撕毁黑夜，速回白天。

白天酷热难耐，晚上竟如此寒冷。我的抓绒衣服斗不过低温，只好带着酒瓶钻进我的帐篷。一口只喝一点点，我希望这无与伦比的美妙能慢点，再慢点。我大概喝了一斤 60 度白酒，却感觉异常清醒，没有丝毫醉意。隐约记得越来越冷，然后就是第二天早晨我半睡半醒地发现竟然蜷缩着睡在二姐夫的帐篷里，他的气垫上空着。阳光烘得帐篷暖暖的，暖得让我无比幸福，我便继续睡。

　　我听到有人赶着羊群从我们营地经过。

　　"来这住干啥？多冷啊！"一个中年男人跟二姐夫说。

　　"没啥事儿，来玩。"二姐夫回道。

　　羊群就在我的背后经过，那人脚步声清晰，离我很近。我不想醒，这让我感到幸福，主要是我很晕，还没有醒酒。可能二姐夫催过我几次，我没理他，务必睡到不想再睡为止，因为头真的很晕。

　　我钻出帐篷伸着懒腰，空气真好，山里真好。二姐夫整个人看起来很不好，他拿着匕首，旁边放根棍子，坐在石头堆顶上愁眉苦脸。"弟呀！咱们走吧！这有啥意思？关键是这晚上太冷了，太遭罪了。"

　　"我都料到了，当时不让你来，非来。哼！不过你走了更好，我正想一个人在这享受。我可以给你送出去，反正不远。"

　　"你可拉倒吧！我能把你一个人扔这儿吗？"

　　"算你帮我忙，你走了我会更好。其实你挺扫兴。"

　　"你不走，我就不走。"

　　"我给你送出去还不行吗？我知道你害怕，完蛋玩意儿。"

他不说了，在石头堆上继续无奈地待着。那晚他熬夜如年，无比煎熬，几乎一夜没睡。据说前半夜我耍酒疯闹得整个山林都不安宁，那是何等的好心情，可惜我没记住。

醒后，我跟他说起刚才经过的羊群，但他不惜以做牲口的名誉担保没有任何人和羊群，他说如果有羊群就一定有羊屎蛋儿，可是哪都没有羊屎蛋儿。

我很诧异，虽然是半睡半醒的状态，那人和羊群绝不是梦境的感觉。但从我不知不觉转移到二姐夫帐篷里住说明我冷过，但是我也忘了。

我的心情依然很好。天气比前一天更热。二姐夫只能蹲在石头堆上发愁和瞭望。我承担了做饭捕鱼的所有工作，还用绳子在树上做了吊床，乐此不疲。

但凡我离开营地，他马上尾随其后，寸步不离。连我赤条条地在那绝美的游泳池里游泳，他也蹲在岸边瞅，水深最多不过1.5米，他竟用绳子拴个棒子握在手上，准备随时救我。就那么一直蹲着，看着赤条条的我，这让我感觉很不爽。

两天一共抓了五条鱼，最大的一条也没有小手指长，冷水鱼瘦得相当可怜。晚饭前，我蹲在地上眼巴巴地望着水袋里的五条小鱼游来游去。

"放了吧。塞牙缝都不够，炖鱼料带得可挺全。"二姐夫看了一眼鱼冷冷地说。我还是用野菜做了一锅鱼汤，非常鲜美，连鱼骨头都嚼了。配上煎牛肉和大米饭，完美。

一天中，他多次提出离开这个鬼地方。我坚持要送他出去，他又不肯。我不想因为他放弃准备这么久的行动，何况以后再难有这样的机会。我的条件得天天挣钱，哪能总出来玩！

多次被我拒绝，他的情绪越来越差。我精心烹饪的午餐、晚餐，他都没有胃口。

夜幕降临。我们静坐在河边，两人都不说话，冷得像夜里的空气一样。

"明天早上吃完早饭就走。"我说。

"啊？真的呀？那太行了，我都听你的，你说咋的就咋的。你说这有啥意思吧！今晚你没酒了你就知道有多遭罪了。你昨晚是喝多了所以不知道冷。"他忽然兴奋起来。

晚上的确很冷，真的很冷。我让他别舍不得用气炉，带回去也没用，搂着开水锅别烫着，我搂着装满开水的铝壶。那晚我的心情很一般，舍不得走的缘故吧。

二姐夫很早就起来收起帐篷和行装。等待我的过程一定焦急又漫长，但他没有打扰我，一直在等着。

我们走出山，看到车的那一刻，二姐夫的脸云开雾散。手机有信号了，他第一时间给二姐打了电话，他迫切听到了他最渴望的声音。我一开始因为草草结束的旅行而遗憾，但看到他这个样子立马想开了，是我太自私，没有顾及他的感受，他真的被吓坏了。

回家路过农村的爸妈家。我妈让我去她那儿。

"咋整？老妈让到她那儿。"我挂掉电话问二姐夫。

"我不管，我都听你的。老头要是骂我就说我陪你，怕你出事。"他无赖地笑着。

第一眼看到我爸时，他什么也没说，皱着眉头很憔悴，坐在二姐家淘汰的绿色破布沙发上。我一如既往地笑成一朵花，他也没好意思骂，继续他的沉默。我能感受到他忽然踏实了。我妈坐在炕上看到我很开心。

"爸，我跟你说老好了，老漂亮了。那树，老粗了。还看着只野兔呢，我二姐夫不让抓，关键是抓住也不敢杀，想想也不差那口肉了。"我靠在柜子上保持微笑地说。

"看只兔子美这样，万一看着熊瞎子，哭你都找不着调儿。"我爸说。

"这两天给你爸吓的，一宿一宿都睡不着觉，就怕你们在山上碰着啥。还看着啥了？"我妈美滋滋地问。

"就是风景好，妈。回来的时候我二姐夫说路上有蛇，我没看着。"我意识到危险的动物不能提，会让我爸的情绪不稳定。

"爸，那水老清了，感觉直接都能喝，俺们都是煮开了喝的，用那水做的鱼汤，哎呀，太美味了。"

"还有鱼哪？"我妈惊喜地问。

"干啥去了，不就是吃鱼去了吗？"

"抓多些呀？"我妈继续欣喜地问。

"五条。都这么大，还没它粗呢，老苗条了。"我张开五指，又收回四根，留一根小手指大笑着说。

二姐夫心眼儿多，他放下我一个人直接开车去商店买了几样水果，算好了爆发期才回来。他轻轻地把水果放在地上，生怕引起注意，就是谨慎地笑。这次他算错了，他的谨慎就像一根导火线，笑出的火花点燃了我妈事先准备好的话。

"你说你们还有一点正事儿吗？店里都那么忙，还有闲心上山扯这个淡去。是不是把你们闲的？"我妈的表情严肃了，一副教育者该有的严肃。

"你这大宝说一个人去，我能放心吗？我不跟着，出点啥事不完了吗？"二姐夫解释着。

"还是你乐意跟着。"我妈的愤怒不吓人，假惺惺的。

"妈，我都老后悔了。老遭罪了，晚上河边老冷了，没给我冻死，他疯疯癫癫地喝完酒还耍酒疯。我现在回想起来都后怕。"二姐夫掰下一根香蕉，边扒边说。

"爸，咱上前面房看看去呀。看看你装啥样了。"我的屁股离开柜子说。

"走吧。"我爸起身说，那一刻他的愤怒才彻底消失。

他们在给一所卖不出去的房子装修。

我在工人那儿得知这两天我爸妈有多痛苦。他们只知道我去玩，没想到是去原始森林，并且要住几天。从我失联后，我妈就时不时地拖着伤腿到大门外张望、流泪。假如我今天不回，我爸就准备带人去山里找我们，他怕我们迷路，怕遇到野兽。他怕极了，所以见到我的第一眼，他的愤怒就被卡住，放心了。

两个月前我妈在干活儿的时候把腿别了一下，左腿半月板撕裂。这病就靠养，吃药没用。听说公鸡姜汤对养腿有好处，我总炖。但凡对腿有好处的工具几个姐姐都给她配齐了。可老太太就要药，把我烦得受不了，就把氨糖和维生素片换个瓶给她，她常年吃氨糖，没骗住，她哭了。

"我是发现了，老了谁也指望不上，我算是白养你们了。"

她哭得可伤心了，把我气笑了。我用小拳头在她身上轻轻捶了几下。

"就不给你吃！"

"你赶紧给你爸打电话让他来接我，我不在你这儿养了。"

我爸惯着她，回家后给她买药了。农村的小老太太们去看她也各带偏方，把我们气得在电话里扯脖子喊，不听话。老舅家的大姐是开药店的，听说我妈腿伤了也邮来很多药和膏药。

我们说她不听话，她就骂："养你们这些个没用的，都赶不上我大侄女。"

我妈一生以勤劳出名，却换得一身小毛病。腰和腿时不时就闹情绪折磨她。小学三年级文化，学了一些字也忘得差不多了。但是我妈会算数，反复地算，很少算错账。买菜还经常兜底压低单价，从这一点看我妈是有魄力的。我爸文化就高了，上过中学。在买菜兜底这个问题上总说我妈缺心眼儿，便宜是便宜了，吃一半扔一半还是不划算。但低价依然有诱惑，我妈屡犯不改，你爱骂就骂，我是正经过日子人，能省就省点。

没文化总会闹出很多有趣的事。有次我们上山采蘑菇，我紧跟在我妈后面给她拎筐，怕她腿脚不利索磕磕绊绊。后来我们跟二姐、三姐走散了，喊几声都没回应。她机智地拨通电话，拨过去大声喊："哎……你们在哪儿？俺们在这儿呢？听见没有？这边！"

二姐在电话里听得清清楚楚，就是不知道这边是哪边，是她遥远的笑声让我锁定她们方位的。

我很庆幸我爸妈都没有大病，为我们全家奋力奔小康减少很大阻力。可是我妈还是常年吃药，不感冒时也吃药。但凡身体不舒服就吃药。苦日子熬过的人，有药吃是幸运的，她坚信药能治病，能解决她的身体不适问题，是神奇的玩意儿。

所以对于一个集小毛病于一身的无知农村小老太太，乱吃药成了我们头疼的问题。

农村医保卡到年底不用可以换成药。我爸换了一堆感冒药、肠胃药、护肝片等日常小药。我妈一看这不是药吗？大大小小的盒子摆了一炕，戴副老花镜装模作样看盒子上的图都管哪个部位，满足得合不拢嘴。我爸一看这么乐，玩去吧，就准备去打麻将了。

"正好我这浑身哪都有点不得劲儿。我得挨样尝尝。"我妈满足地笑着说。

吓得我爸又气又笑，麻将都没敢打，给我打了电话告状。电话里他把这个事当笑话讲给我听。他们的幸福来源就是每天给不同地方的儿女打电话、发视频，一圈下来，一晚上差不多就过去了。这个笑话我爸差不多讲了三天，气得我妈破口大骂，坚决否认，说他歪曲事实。我们断官司还是更倾向我爸，下面的例子就是硬道理。

风靡全国卖保健品的团队也杀到我们村了。课我妈听了，决心买他们的药。我们都说是骗人的，她不信，就说我们不在乎她，不知道她浑身有多难受。后来大姐给她买了别的保健药，她还是觉得送鸡蛋卖药的药最好。吃完差不多能成仙，有几个老太太吃完都说好。为这事我们操了一回心，她没买成上了一股火。

直到现在他们还是不停赚钱，我妈开个小旅店，我爸心血来潮跑跑出租。为了不让我爸开车，我和三姐夫研究过想把他的驾照废了，又怕老头开不了车憋出病，没这么干。

大姐生完老二之后特别辛苦，忙不开就让我妈去帮忙。这一次大家都没空，就让我妈一个人坐长途车去了。提心吊胆五个小时她还是失联了，大姐在车站都快急哭了，我们在各自家里原地转圈，彼此间不停打电话。老太太不傻，找了个保安给大姐打电话，她电话出问题了，所以谁也打不通。

我当时就上网给她买了个老年机，电话有时候都打不明白，智能机没用，我是这么想的。电话到了大姐不满意，让我退了，她给换个智能机。老太太超喜欢智能机，还跟外甥外甥女学会了用微信视频聊天，这可了不得，我们的电话经常来视频，她也没事，就想看看我们在干啥。

我爸用智能机的时候我妈说他疯了，天天对着电话傻笑。等我妈学会刷抖音、快手后，我爸又无奈地跟我们告状。

"你妈疯了，天不亮就在被窝里咯咯咯咯咯咯笑，还把我扒拉醒让我看。"

我们家人都爱玩，一玩心情就好，全映在脸上。有次家人出去玩，拍了很多照片发到家人群里。其中有一张是爸妈的合影，他俩并列站着也不知道在笑啥，我爸手里还拎条大鱼。

我坐在吧台里第一次那么认真地看他们。这是我最熟悉的人，哪真哪假我门儿清。我妈的黑发是染的，白牙都是假的；我爸的一脸深沟是真的，大黄牙也是真的。他们笑得很开心，放大看了很久，越看越好看，把我迷得心血来潮发了个朋友圈。从点赞数量和评论上看我的眼光还不错。

他们会越来越老，姐姐们说一生顽固的我爸现在越来越听我的话，我得想想办法让他们听话，这可能得费点脑子，当年他们跟我可没少操心。

爸妈始终在教我做一个好人，我不听话就骂。现在他们骂我，我就用笑气他们，他们生气也好看。只怕有一天不骂了，我准能急哭。想到这里，我觉得以后还是尽量别老吓他们，别那么疯，起码在他们还活着的时候。但不久之后就打脸了，又想上山去看看。不过这次不能完全赖我，主要是三姐夫病了，我得陪着他锻炼身体。

再上山

三姐夫在胸腔疼了一夜后住院了。在当地医院被诊断为疑似胰腺炎、脂肪肝、高血脂、糖尿病等。三姐的精神世界轰然倒塌，不怕别的，三姐夫的父亲是胰腺癌去世的。她想想就偷着哭。

三姐夫住院第二天就排除了胰腺癌的风险。三姐带了些生活用品准备去医院。我正在吧台里抽烟发呆，我发呆的时候脑子里说不准在想些什么，我总发呆。

"晚上你去医院看看吧。"三姐临行前对着镜子一边整理发型一边说。

"不是没啥事吗？"我回道。

"那你就不去。"她很生气地瞥了我一眼。

"去！去！去！关键我去干啥呀！"

"你心咋那么大呢？咱家人咋这样呢？他大哥没事就上医院陪去，你看你们，提都没提。就算没啥事，这不是住院了吗？"

"我得纠正一下你思想上的误区。你说他现在不痛不痒的，就是躺在那儿打针呗，能跑能跳玩手机，我都想住院去，有人关心还不用干活儿。我跟你说，喝醉了都比他现在难受多了。你还记得二姐夫喝多那次吗？吐得可哪儿都是，让二姐掐成啥样，喝多那滋味相当难受了。谁关心了？都骂没正事儿。住院就是去解决问题的，你不用太担心，你看你这两天憔悴的。"

"唉，大夫说是没啥事，我这心里就老不得劲。行了，我走了。"

"你不用着急回来，在那儿陪着吧。"

三姐夫这事开始我很忧心，知道没什么大碍还有什么可发愁的呢？三姐觉得理所应当地难过，理所应当地在出门前精心打扮自己。

晚上，我和二姐去了医院。三姐夫除了手臂上多了根针管子，其他跟正常人没什么两样。有说有笑，他不是个装惨的人。

"哎呀！太可怜了，啥都不能吃啊！"二姐可怜兮兮地说。

"得一个礼拜吧，一点都不让吃，不让喝。我邻床那女的也是胰腺炎，下午她老公要出去吃火锅，把她气得嗷嗷哭。不治了，出院了。"三姐夫不停大笑着说。

"那也太可怜了。她老公也真是，心咋那么大呢？"二姐继续苦着脸说，其实她也没那么苦，觉得看病人应该是这种表情。来的路上我们在车里还嘻嘻哈哈的。

"眼泪能治病的话，我三姐这两天在家没事就哭，他咋还打针呢？"我对着二姐说。

二姐狠狠地瞥了我一眼。

"这药可厉害了二姐，打上一点都不饿，拔了一会儿就饿。一天打十来个小时，还真没觉得饿。"三姐夫说。

我越过一些障碍，比如孩子、凳子和我姐，坐到三姐夫身边不怀好意地笑着说：

"把手给我，我给你把把脉。"

"你给我滚犊子！"

三姐夫下意识地用胳膊拦住我抓他胳膊的手臂。我们常闹，所以他时刻防备着。

"你让我摸摸，长长经验，我现在就会摸喜脉和死人的脉。喜脉一大一小地跳，死人的不跳。胰腺炎和脂肪肝啥的我还没摸过呢！"

"给你摸吧。"他把手伸给我说。

我很认真地摸，但是啥也没摸出来。

"你这肉太厚了，脉搏很虚弱。等你能吃的时候我给你炖一锅大骨头汤补补。"

"唉……以后肉是不吃了，这些病啊基本都是因为胖引起的。

我也想好了，这几个月啥也不干了，就在家减肥，正好歇歇。"

"你这么想就对了，这个院没白住。你这几天就当花钱减肥了，减肥也不便宜。"我说。

"七八天不吃不喝，指定能瘦。"三姐夫说。

果然，八天后出院他瘦了十几斤，连胰腺炎和糖尿病也被排除了。这是一个好消息，失而复得的健康让全家欢喜。

我跟三姐夫一起减肥。他是动真格的，很少吃东西，我总抵制不住食物的诱惑。我单纯是为了体形好看，所以动力不足。我也没那么在乎自己好不好看，算心血来潮吧。

早晨，我心血来潮地跟三姐夫往城外的水库方向走。久违的清晨，凉爽的风，很适合感悟人生。生病让他领悟到生活的重要性。

回程时聊起跟二姐夫上山的事。这件事听我说肯定是美好到了极点，但要是听二姐夫说，那就是人生中的一大坎坷。几个月过去了，他的阴影还在。

我把美妙的种子种在了三姐夫心里，几天后他找到我，说想再去一次。我刚好收了一家户外用品的货，装备整齐，我早就心痒难耐。在我俩齐心协力配合下，二姐夫也去了。

盛夏的山郁郁葱葱，枝叶变得更加繁茂，印象里的浅绿变成了深绿。连进山的那条小路都被草叶遮住一半，变成一条幽静的长廊。鸟的种类也多了起来，到处都是鸣叫声。上一晚下了小雨，草叶湿漉漉的，整个山都被雾气笼罩着，河面上更是雾气缭绕。河水也比上一次涨了很多，美得让我还没喝酒就开始尖叫。

有了三姐夫，二姐夫就没那么怕了。我们心情都不错，边说笑边往上次的营地走。

"我又后悔跟你俩来了，又让你俩给我忽悠了。"二姐夫有点被枝叶上的水烦到了。

"你这次得学会享受。"我仍然在前面开路，异常兴奋地说。

"享受个屁！我浑身都快湿透了，外面有水，里面出汗。啥时候能到啊？"三姐夫也有些烦躁了。

"快了快了。"我忍不住笑着说。

"这才哪儿到哪儿啊，你等晚上的，让你刻骨铭心。"二姐夫幸灾乐祸地说。

到了营地后，第一件事就是准备抓鱼。因为上次的经验，以为这次指定能抓不少。下完网就把炖鱼的料准备齐了，可直到夜色朦胧，也只抓了七条，只能做鲜汤。

晚上阴天了，看不到天上的星星，森林里显得格外黑。盛夏的晚上没那么冷，我又坐在河边喝多了。我一会儿看看这儿，一会儿望望那儿，虽然只是黑影，但黑影的颜色深浅不同，觉得哪儿都好，这源于自然的背景音乐伴奏好。不知道他们为啥要躲在帐篷里闷闷不乐。我发完呆也喝醉了，决定去跟他们玩一会儿。

二姐夫不扛吓，我就扮成疯疯癫癫的鬼出现在三姐夫帐篷周围，把他烦透了，恨不得一拳捅死我。他就坐在狭小的帐篷里左挥拳右勾手的，逗得二姐夫把头探出帐篷咯咯傻笑。

不知道睡到几点，三姐夫拉开我的帐篷拉链，看起来很惊慌。

"起来！起来！快起来！"他急促地说着，声音压得很低。

"咋了？"我睡眼茫然地问。

"那边来东西了，树杈咔吧一声折了，我听得清清楚楚，二姐夫也听着了。"三姐夫一边说一边回头看。

"真的，快起来吧，我也听见了。"二姐夫说。

"神经病，给我拉上。"我烦躁地让他把帐篷拉上，把头转向另一边继续睡。

"傻瓜！俺俩走了啊，你自己在这儿吧。"三姐夫拉上我的拉链说。

他们一直在外面议论这声音的来历，揣测是多大体积的动物，多粗的树枝才能发出如此清脆的声音。营地附近有很多干树枝，晚上就变成了湿木棍，据说他们后半夜一直在生火，一直在研究如何把睡梦中的我弄死。

被鸟叫醒的感觉特别好，拉开帐篷，外面依旧是仙境，雾气缭绕。我看到他们已经收拾好装备，等我起来就回家。这次二姐夫没跟我商量，他不再孤独。

"呃……早上好。"我趴在帐篷里伸着懒腰说。

"好个屁！赶紧起来，再不起来俺俩就走了啊。"三姐夫一边检查有没有落下的东西一边说。

"不整点饭吃完再走吗？"我问。

"你自己整吧，俺俩先走了。"三姐夫烦躁得一刻也不想在这里逗留。

"你们走吧，我再躺会儿。"

我肯定不信他们会走。

"哎呀，快起来吧。"二姐夫边笑边跟我商量。

我依依不舍地又离开山里，趴在车窗上看着渐行渐远的景色有点失落。他们从上了车就开始兴奋，各种吹牛，我都不稀罕理他们。

回来后在二姐家吃晚饭，她又开始抱怨开店心累，怀念起当年在农村的轻松生活。但是让她把钱都交出来回农村，她又不肯。

"我已经决定了，我要去那个原始森林盖个小房子，酿酒，写小说，过小隐生活。"我认真地说。只是听起来看起来不像真的。

"去呗。"她一脸无所谓地说。即便刚吃完饭，她也能咔咔连着三口把苹果啃掉一半，理由是饭后吃苹果不容易胖。

我开始绘声绘色地跟她描绘在山里的生活，把她激动得不行不行的。她跟着我一起畅想山里的枝枝蔓蔓，美好得都醉了，还勒令二姐夫必须陪她。他们说要在我隔壁也盖一个房子养鸡，离开这快让人窒息的城市。

越聊越开心，我连脑子里的房子建造图纸都想好了，跟他们一一描述。她一听好像是真的。

"你又犯病了？"二姐突然严肃地质疑我。

"他啥时候好过？"二姐夫说。

"你以为我跟你闹着玩呢？"我笑着说。

"有病。"她瞥了我一眼气走了。

第十章　　川藏318

"师父，您孤独过吗？"我找机会接着问。

"当然。"他轻松地笑着说。

"那是一种什么感觉？"

"就是想把头撞在地上啊。"

他忽然笑了。

川藏线

既然上山盖个小房子的梦想暂时没法实现，那我可以选择骑行，沿着318国道去西藏。经历这么多事情之后，我依然想去远方，想去森林，想去西藏。

视力在一点点消失，手机上同样的网页，今年需要截屏放大才看得清，我得赶紧行动才行。

318国道被誉为"中国人的景观大道"，每年骑318的达上万人，其中有人醉氧后做开颅手术，也有人不幸摔死。这事儿外人要么说有种，要么说有病，还有一个刚骑回来的说"哦"。

我那自行车买四五年了，一直没骑。几年前我已经不能开车，我担心视力再差下去，恐怕自行车也要告别了，岂不是要用余生来遗憾没骑过318。

骑完即便有天瞎了，心也是亮的。那一路美景，只有慢慢地看才不浪费。

我的决定很难瞒过亲人。装备陆续到位，每天上网看骑行318的视频，姐姐们已经知道了。难点是农村的爸妈，怎么解释他们都会认为是扯淡。

为此我精心策划过，没想到我爸突然出现，憔悴地问："有啥意思？多累啊！不行就坐车去。"

"就是追求精神上更高级的享受。"

爸扒了半辈子苞米，什么也没说默默走了。我的倔强让他无力，如果是从前，他的声浪大概能把房梁震出裂纹。这次的沉默让我久久不能平静，直到出发，我连见妈的勇气都没有。

我在家练了三天，每天最多骑 60 公里，然后在成都花了三天等装备。出发前的一夜，我失眠了。第二天睁眼一看，快中午，网上说今天要骑 150 公里到雅安。

下午快 6 点时路过一个村子，一问，离雅安还有 30 多公里，我果断放弃。村外有一片茶园，一条小河，几棵大柳树。农妇说河里有鱼，我买了一瓶白酒、下酒菜以及一包炖鱼料来到河边。

我坚信我的八孔小网能抓到鱼，一直等到天黑，网里连泡鱼屎都没有。此时，我已经无力再骑回村里买吃的，饿得把花生米嚼得粉碎才舍得下咽。一粒花生一口酒，听着响河望着星空，我满足地睡了。

半夜，我被饿醒，酒劲也上来了。天开始下起小雨，没有任何吃的，我看了看瓶底剩的一点酒，不能再喝了。我钻出帐篷，河流挺急。理想中，网底会是一层鱼，小的放生，大的吃掉，可是网里没有任何东西在蹦跳，仔细一看，是只大河蟹。

我心情大好，明天正是中秋。

早晨起来还在下雨，浑身酸疼，我也想不起。回笼觉过后雨还在下，挣扎了很久，太饿了，忽然想到昨晚抓到一只大河蟹，我立刻钻出帐篷去看网。网被甩在岸上，水袋连同已抓的河蟹都消失了。我太生气了，踢一脚网迅速回去顶雨收帐篷，离开这鬼地方。

庆幸车没丢，这点困难算什么，连点坎坷都没有还有啥大意思？

雨越下越大，一口气吃了两大碗馄饨后开始纠结走不走。正巧看到两个骑行者从我眼前顶雨路过，果断追！面馆老太太拦住我，听不懂她讲的方言，我还有点急，但她面善我又不好意思稀里糊涂地走。她不是要阻拦我走，原来她要给我拿一块塑料布盖驮包，她一定见惯了骑行者。

这事儿要是换我妈肯定劝别走。雨这么大，神经病才走。如果在家，雨天我也不会骑。不特别点还有啥大意思？

一路小上坡，努力很久才追上，终于有伴了。

"哎！追上了。"我追上后面的人兴奋地打了个招呼。

"你好。吓我一跳。"

我们不停地蹬。

"你们是哪儿的？"我兴奋地笑着问。

"上海。你呢？"

"东北。"

第一段长下坡，我又没伴了。雨很大，戴眼镜更看不清，不戴眼镜雨水进眼睛里受不了。他们下坡太快，我中间险些撞到一棵横亘在路上的倒树，第一次听到刹车咆哮这么吓人，吓得我平息了好一会儿心跳，抽了两口烟就被雨浇灭了，让我连同心急一起给撤了。不追了，安全第一。

下坡之后又是漫长的上坡，中午没吃饭，以为下一个村镇和之前一样密集。这个错误的判断导致一口气在路边摊吃了15个猕猴桃。这玩意儿不顶饿，下午体力越来越差，推推骑骑，越来越慢。看看自己的狼狈样不禁傻笑。

对！要的就是这个虐劲儿，不然怎么会知道自己的生活是因为安逸得太狠才浮躁的？

四川的山可真高大，云就在山腰，我也在山腰。虽然很累，壮丽的风景确实让我的精神很享受，很开心以我要的方式身临其境。

晚上收拾好个人卫生之后就只想黏在床上以各种姿态伸懒腰。两个已婚的同学发视频，他和他们很久不见非要跟我一起喝酒，那就喝，反正热闹好过寂寞。我陪着他们，从烧烤店喝到KTV，不对，应该是他们陪着我。我们都醉了，KTV的包厢音乐声太大，他们就轮流一个人唱歌一个人拿着电话去卫生间陪我唠。我们该有多无聊，多寂寞？没人知道那晚我们仨有多开心。

第二天就让我把帐篷和炊具邮寄回家了。必须减重，太累了。

在路上总会遇到各色骑行者，两个70岁的老头让我扎心了。遇见时是平路，他们不快，我心里暗想，这么慢咱肯定玩不到一起去。一路好景很长我还是一人独醉吧。上坡让好景变得无比漫长，也让我领教了老头都是耐力王，只需要一个大上坡我就再也追不上了。他们不停，佩服！这美景，这心醉，要是我爸能一起就更好了。

塌方封路让我结识了三个伙伴，每个人都有自己的绰号，小勇哥、狼人、Carrey，他们执意叫我"胖的"。

晚上 7 点多到了一个镇子，他们执意要夜骑把封路耽误的路补回来。我很想跟他们一起，但没多久我原路返回。我的视力夜骑叫扯淡，何况白天堵车的货车长龙也很快就到。

晚上 10 点他们跟我说好在我没去，难度很大，路况也不好，车超多，很危险。这让我再一次庆幸做出了对的选择。

路上的骑行者越来越多。幸运的是晚上在客栈又认识了一个 23 岁、跟我身材略同的小伙伴。于是他就成了"二胖的"。二胖的又慢又爱喝酒，不赶路，不征服，就是为了玩，我们越聊越投机，决心成为长期伴侣。

二胖的确实够慢，上坡我总要等很久。不过我有耐心，因为他很细心。之后几天的食宿和行程他都安排得妥妥当当。我常跟他说别急，我就在前面等你。他的安全意识特别好，下坡时总是在我后面保持一定距离，我知道他是担心我出意外。每逢美景和美食我们的默契度都非常高。

每一个骑 318 的人追求和目的都不完全相同。晚上一起喝酒的还有老朱，我跟二胖的叫他大神。我们之前每天都累得半死的路，他两天并一天还比我们先到。他的攻略非常详细，甚至哪段路野狗的数量都了如指掌，让我们瞠目结舌。他还教了我们一些下坡加速的技巧。他就是来挑战的。挑战什么我不理解，反正以我和二胖的能力慢点挺好，慢慢地享受这一路醉人的景色，计划着下一站怎么玩、怎么吃，好心情甚至可以消除身体上的极度疲劳。

在一个 60 多公里的持续上坡路段二胖的搭车了。这也是我被骗两次的一天。还剩 20 多公里的时候我就不行了，下午一个人吃了一大盆牛肉萝卜，专挑牛肉吃，吃完手还在抖，过了一个小时才想继续走，走之前当地人说下面是缓坡，瞎胡扯，全是大上坡。以至于还剩 3 公里的时候跟感觉还有 30 公里大上坡那么绝望，分明肉眼能看到村子，干推不到。

第二次受骗是半路认识的大哥，他在村口等了我很久，想带我去泡温泉。他听别人说从这条小路上去就是，我急忙安顿好又躺了半小时才出发，结果走到一半我就坚决要下山，他只用一句"应该快了"一直把我骗到山顶，那山高得用云彩当纱巾，饿得我都能闻到他嘴里嘎嘣嘎嘣的豆香。

"大哥。还有豆吗？太饿了。"

"早说呀。没有了。"

好在那野泉太美了，温度也刚刚好，躺在里面觉得一切都值了。

那一晚，我吃到了此生截止到目前最好吃的一条鱼，撑得走路都不敢使劲扭屁股。

今天的两次崩溃都是因为低估了难度，明天是号称骑行 318 的第一道坎，海拔 4000 多米的折多山。我得把它想得难点，想着想着，就想搭车，太累了。我和自己又吵起来了。

"其实没必要挑战什么，证明什么。人生得意在于随心所欲，能力不行，何必强求？安于平凡。"

"不试一试怎么知道自己不行？这一程就是一次成功的缩影，做什么事都会遇到困难，放弃就是完犊子。"

"你没有他们的身体素质，人家经常锻炼，你还胖，搭车没什么，不是说好的只为了好玩吗？"

"别嘚嘚了，睡觉吧。"

大哥一大早找我出发，我没走，状态很差，浑身酸疼无力，何况今天太难了。大哥走了，我和自己又吵起来了，一边拉伸一边听他们吵。一个小时后，我还是出发了。我想尝尝纯正崩溃的滋味，就骑到无能为力为止。

确实非常难，坡大，呼吸也困难，每一步踩踏都很吃力。雾气很大，路边基本是悬崖，我必须卸掉杂念，迎接崩溃的那一刻，就只留下坚持。

没想到状态越来越好，真正的崩溃没那么容易。半路遇到一个骑行的女人，她蹲在路边，呕吐完痛哭。

"别哭，耗体力。"我说。

她当时就憋回去了，不住地点头抹掉眼泪。

我实在无法平静地坐在折多山垭口的台阶上看漫天飞雪。山巅之上我狼狈不堪，浑身发抖，狂吃饼干喝牛奶补充体力，顾不得旁人怎么看我这副惨状。不放弃的感觉真好。

过了垭口一路下坡，山的两面仿佛地狱和天堂。新都桥的屏保路非常美。可惜我醉氧了，幸运的是到了客栈才发作，意识模糊。比起客栈里的义工女孩我幸运得多，她去年下山时被客栈老板救活，做了开颅手术，留下口齿不清的后遗症。比她更不幸的是几天前摔死的那位。

新都桥休整的一天让我近期高度疲乏的身体有所缓解。二胖的高原反应严重，如重疾般躺在床上还不忘建议我去骑马。然后我骑着一匹小马到了山腰，途中我太担心小马失足坠崖，它累得呼呼喘，走走停停。我以我太胖为理由几次要求下马，牵马的就说它能行，让我想到我在爬坡的时候也这么喘。牲口就是牲口，一句怨言都没有，一点儿也看不出它有放弃的意思。

山顶是草原，草地上点缀着星星一样的蓝色小花。野风轻柔，太阳晒得草地暖暖的。我给家人分别发了视频让他们看看这如画般的景色，之后就躺在草地上享受肌肉一点点松弛的过程。太享受了，要是没有之前的磨难，又怎会有这般难以形容的美妙感受。

二胖的没能一起去稻城亚丁，他回家了，不玩了。我又变成一个人。

没想到爬起亚丁也没那么吃力，这些天的痛苦让我无形中变得强壮，强壮得让我十分满意。很多人吸着氧气也爬不到山顶。风景不错，不虚此行。

从亚丁回到理塘已是中午。下一站不远，据说是平路，但高原让几天没有骑车的我狂喘不止，用了很久才适应。这路上不乏徒步者。跟两个背包客聊了聊，我忽然觉得骑车真快，真轻松。之前爬坡的时候羡慕过骑摩托的，"嗖"的一下就过去了，那是何等轻松。更糟糕的是拉车的，有些上坡我推自行车都感觉吃力，他们却要拉着几百斤的推车往上爬。之前遇到的哥们儿，他的车有300多斤重，简直不敢想。

有一次，我刚好在路边休息，停在我眼前的又刚好是一辆房车。车上下来三个人，他们的状态无不充满焦躁和疲惫。那时我正和临时骑友吹我一直没爆胎，聊得不亦乐乎，还有人给我们送水，鼓励我们的行为。这一程我经常能收到陌生的鼓励，无数次因一张张笑脸心生愉悦。即便几乎每天都遭遇风雨、爬坡、体力透支，依然可以用一种享受的态度去体会这新鲜刺激的感觉。

每每路过当地藏民都不管不顾地喊上一句：

"扎西得勒！"

每次这么喊叫，他们无不开心地回我同款祝福。也有时候他们先给我祝福。

小勇哥强烈建议我下一段路搭车，因为路况非常糟糕。我结合我的能力决定搭车。搭车那天一直在下雨，道路非常泥泞，坑洼不平。我透过车窗看雨中的骑行者，在接连不断的泥水中奋力踩踏，我深知他们此刻的难受。车上一共五个人，我跟二胖的 plus 坐在前排。车上有个小青年不停地抱怨不该搭车，觉得遗憾大了。我们就安慰他，最后皆大欢喜。每路过窗外在泥泞的雨路上艰难爬行的骑行者，我们就齐喊：

"加油！"

二胖的 plus 算是我的意外惊喜。他兼备二胖的身材、慢、细心、热心、乐观、善良和良好的安全意识，又和二胖的同龄，所以我叫他二胖的 plus。有了他以后我的食宿和行程就又不用操心了。

为了能在林芝多玩几天又不耽误太多时间，我和二胖的 plus 等五人毅然决然选择了这段六百多公里的浪骑路段搭车一直到林芝。更主要的是我们遇到了扎西司机去林芝办事，一个人才两百包全程观景台无限时拍照逗留。因为扎西好，所以晚上我们不但请他喝了酒，还决定明天继续包他的车在林芝玩。

几天后，心玩散了，身体玩懒了，好在路很好骑，没有让人绝望的上坡，多是平路，风景也很美。但好景不长，我和二胖的plus度过了如蜜月般的几天爽骑后还是迎来了新坡。早起时听到外面的雨声，那意味着地狱，我不想掀开天堂般的被窝迈向地狱。

"哥，今天是97公里缓上坡，明天是海拔5000多米的米拉山。要不……搭车呀！"他也在被窝里，也在和思想做斗争。

我点根烟，冷静地思考了一会儿，面部狰狞。

"骑吧。你说咱干啥来了？最后一座山，也是海拔最高的一座山，之前搭车的路段都是浪骑部分，搭车不丢人，最高的山要是骑过去了，回去吹牛也有劲儿。有头有尾，完美。"

我在给他打气的过程中一不小心给自己充满了力量，一个寸劲儿就从被窝里挣脱出来了，好冷。

天气非常善变，路上一共换了四次衣服。从单衣到棉衣到雨衣再到单衣。一会儿热一会儿冷，一会儿雨一会儿晴。朋友圈里还有人遭遇了大冰雹。狼人发了下冰雹的视频，视频里喊道："来呀！最后两天，你来什么我接什么。"

最后的10公里我的体力突然消失，大概是高原反应。我浑身无力，困得摇摇欲坠。等二胖的plus的时候在桥墩上坐着睡了10分钟。吃了能量棒，他又给了我一支葡萄糖，慢慢地体力恢复了一点。可恶的是最后的坡度越来越大。推车时不是在走路，是把两条腿一条条往前扔，摇摇晃晃地艰难前行。

大概最后一公里时，一条大黑狗从我身边慢跑而过，我能清晰地听到它凶猛的呼吸声。没敢看它，继续机械运动慢骑。狗过去了，我长嘘一口气，也没抬头。

"哥，前面还有三条。"

我垂死的生命立刻又精神起来，只能听天由命，我没有任何反抗的力气。时间仿佛凝固了一样，终于三条狗全部从身边慢跑而过。紧接着又一条大黑狗蹲在路边，它好像在看我，不知道，我的情绪糟糕透了，生怕一点动作搞错惹怒它。过了这一关，前面还有两条，我已经麻木了，冷冰冰地机械运动。整整七条大黑狗，只求过后在梦里不要再遭遇一次。

我强迫自己把米拉山想得无比艰难，所以很好，它不难。我在海拔5000多米的米拉山垭口瞭望一座座白皑皑雪山，天空下着雪，心是热的，一点儿都不冷。

正好一个东北老乡也在，这哥们儿太狠，自行车拉着小推车在路上已经十个月了，几乎全住帐篷。他的情绪太高涨了，不过，他这一套装备能上来也确实值得兴奋仨小时。我们越聊越投机，决定马上下去找地方喝酒，不走了。二胖的plus不想喝，所以我们约好明天拉萨见。

我和老乡在村里找了几家餐馆都不能大口吃肉大口喝酒，最后我们决定买一堆零食回酒店喝。我洗漱完就坐在床上等，我们在两床之间放张桌子，铺满酒肉。只听他在卫生间里像干群架一样叮当作响，好一阵子才出来。洗完一看，长发乞丐变成了文艺青年。据说那头发洗发露不起沫，他是用洗衣粉搞定的。

听他一路遭遇太精彩，一人一瓶一斤装二锅头刚起劲儿，他拿了把吉他开始唱，小歌一唱还得再来一瓶。于是我顶着小雨又带回来一瓶。酒店里客人很少，我们周边房间都没人，我跟他一起唱，一起叫，再后来我就断片儿了。

第二天醒的时候已经10点了，头非常晕。还有120公里的缓下坡就到拉萨了。我准备出发，他不走，他要等几个朝拜的兄弟一起走，慢慢地走。出发后我感觉不对，走路走不成直线。于是在一家餐馆喝了一碗牛肉汤和一大壶开水才上路。

最后的120公里才是真正的爽骑，虽然酒后无力但也不费力。就像二胖的plus说的，随便蹬两下就到了。到拉萨一点儿都不兴奋，甚至有点遗憾，就这么结束啦？

到了拉萨后我对网红打卡的景点兴趣不大，但这次应该多转转，毕竟机会难得。快到拉萨时就一直商量我爸能不能过来，红景天都已经邮到家了。西藏何尝不是我爸的梦想。毕竟是高原，我不在他在，那我肯定不放心，得想想办法把他整来。上一次带他游江浙一带已经是两年前的事了。

我爸是相当想来了，我妈不同意，主要是差钱儿。打电话的时候我跟我妈很生气。

"妈，我爸这辈子是让你给坑好了。你不喜欢玩，他还不喜欢吗？你不来拉倒，为啥不让我爸来？"

"我就是不同意，不为啥！一天小的没正事儿，老的也没正事儿。"

"机票我都买完了。你不同意，我就只能让我爸离家出走了。再说你凭啥不同意啊！又不用你拿钱，她们几个都抢着赞助呢，谁也用不着，你以为生我白生呢？"

"赶紧给我滚回来！"

"你可愁死我了，妈。老了老了一点也不听话。"

我爸优柔寡断，想来又觉得不该来，被太多想法束缚着，最后决定不来了，我商量还骂上我了，不来拉倒。藏文化底蕴深厚，像我这种土包子去布达拉宫也只是被黄金珠宝震撼到而已。

孤独就是想把头往地上撞

客栈的过客基本都是骑行者，我们屋住着一位北京的藏文化学者，他刚从艰苦的阿里地区回来。他很特别，衣服又脏又破，冲锋裤的裤腿被地面磨得参差不齐，靠近他，有一股过期的汗臭味。他在阿里的两个月脸都没洗过，怕晒伤，更别说洗澡了，怕感冒。我们住对床，熏得我晚上需要戴双层面罩才能入睡。

他说我有点特别，大概就是对脾气了吧。他带着我逛了两天拉萨，一边逛一边讲藏文化。我被他的博学迷住了，受益匪浅，就一直跟着这个酷似乞丐的学者到处逛。他带着我去他那些脱俗的朋友那儿蹭茶蹭饭，处处环境优雅别致。从外观上看，他和他的朋友是格格不入的两种人，聊天却十分投机。他们聊文化，聊唐卡，聊艺术，我就在一旁默默地听。

不骑318不知道自己有多弱，高手如云。不跟有学问的人接触不知道自己有多肤浅，望尘莫及。

晚上我们围坐在客栈的客厅喝茶聊天。后来变成围着他，听他给两个人算卦，算得他们五体投地地惊奇。

睡觉前，我还在好奇他会算命这个事。

"尚哥，你说算命是不是心理学加上社会阅历推算出来的结果？"我问。

"不全是，还有一点灵感。"他没带任何表情地说。

我觉得那种灵感应该是潜意识，是大脑的大数据算法。反正神啊，鬼啊之类的我是不信。但是我没跟他犟这个事儿。

"我明天想去寺庙看看我师父，我师父是活佛，你要不要一起去？我师父打卦更厉害。你可以让他给你打一卦。"

"行。去。"我丝毫没有犹豫。

"不过单程路程就需要两天，来回就四天。你的机票是几号？"

"13 号。"

"那你还去吗？"

"去。不然我也不知道干吗去。还有……七天。"

"我得事先跟你说好了，那儿的条件特别艰苦，寺庙在海拔4000 多米的位置。不过你骑车来的，身体应该没问题。"

"只要你带我，我就去，别的都无所谓。"

"那成。"

什么都不必知道，不知道才更好玩。或许这就是他看重我的特别之处吧。他也时常提一下羌塘无人区的事，我装作无视不敢多问，我怕我真的会去。

辗转两天，经过无人区和羊肠山路终于到了海拔4000 多米的寺庙。我没有失望，这里的一切都太特别了。荒芜的群山，纯净的蓝天白云，连风都有一股圣洁的气息。这里的面孔都那么淡然，他们的笑容看不到被欲望踩躏的迹象，只有被时间雕刻的一道道深沟，言笑间自然流露出一股对信仰的执念与虔诚。

很幸运赶上师父给远道而来的徒弟们讲课。

"尚哥，见师父有没有什么规矩，我怕我不懂规矩有什么冒犯。"我站在寺庙的门口问。

"没有，随便，师父是一个非常随和的人。"

到了师父那儿我发现没那么随便，前面的人都磕头，甚至都不敢抬头看师父一眼，连出房间都是跪着或者弯腰退出来。

"咱们用磕头吗？"我小声问他。

"不习惯的话鞠躬也行。"

我以为我们会一起鞠躬敬哈达，没想到他扑通一声跪在地上磕仨头。

"师父，我又回来看您啦！"

这让我措手不及，惊愣之后已经来不及了，还是鞠躬吧，何况我是真不想下跪。

稀里糊涂就被安排在离师父最近的位置坐下，听他讲法。我更喜欢看他笑，虽然看不清脸，却有一股非常真诚的亲切感，轻松随和。

午饭时，我更加深刻地体会到这里的艰苦。师父的徒弟遍布全国，各行各业，一起吃饭的也不乏很有钱的大老板，在这里他们最渴望的是榨菜。这里的水非常宝贵，一部分是从十几公里的山下背上来的，所以他们有的在这里一两个月都没洗过脸，舍不得用水。

意想不到的新鲜感无处不在，就是非常特别。一切都直击灵魂。简单真实是多么富有才能达到的境界呢？

能到此地的人都觉得自己佛缘很深，来之不易去自难，都是虔诚的信徒。有的甚至苦苦找寻几年才最终皈依于此。我到这儿的过程说出来让他们感到惊奇，这佛缘也太深了。

师兄们说如果有解不开的问题可以问师父。开始我没有，后来我想到那种极致的新鲜感。

这个问题在晚饭时跟师兄们探讨了一番，他们没有答案，还是让我问师父。

我们又围成一圈坐在师父的房间里。我又被师父的笑迷住了。说好了是闲聊，徒弟们一点都不随便，我也不敢冒昧，似乎只有师父一个人笑得自然，所以格外迷人。上海的师兄让我问我的问题。

我就坐在师父正对面。

"师父，我想请教您个问题。"

"问吧。"

"极致的淡然是一种什么样的状态？"

"这个问题，他回答你最适合啦！你问问他在沙漠、无人区是怎么熬过来的？"他指着尚哥说。

尚哥把面对淡然的心态和放下欲望的过程举了很多故事讲给大家听。"尚哥，打断下。我想问的是极致，极致的淡然是一种什么样的状态？"我停顿了一下，他们也在思考。我接着问："是孤独吗？"

安静片刻，没有人回答。有人岔开了话题，我也没有追问。师父只露出一抹浅浅的微笑。

从我进屋的那一刻起就明显感觉到师父的疲惫。白天给那么多人解决问题，绝不亚于医生门口的排队阵容，晚上还要回答徒弟的问题，难能可贵的是他的脸上始终挂着笑容。他总是聊着聊着就开始念经，或许那便是休息吧，在我眼里他也是个人，可在他们眼里他是活佛。

"师父，您孤独过吗？"我找机会接着问。

"当然。"他轻松地笑着说。

"那是一种什么感觉？"

"就是想把头撞在地上啊。"他忽然笑了，用乐观轻描淡写地敷衍那种糟糕。

我不住点头微笑，从这一刻开始我再没有说话。回到住处，我半躺在大厅的沙发上一动不动地思考。

"小师兄，怎么还不睡呢？"女师兄问。

这里不论男女老少，统一叫师兄。这女的会针灸，在这儿已经免费治好了一百多名患者。

"在思考。"我滑稽地笑着回道。

"好样的。你继续。"她说完就回房间了。

他们肯定不知道我在同情师父。一个连错都不敢犯的人肯定不自由，这种高高在上的感受大概也是孤独吧！或许以他的境界没我想的这么肤浅，毕竟我连自己那种浅尝辄止的孤独感都不认为是绝对的糟糕，还有一半极致的享受。

为了赶飞机，我明天必须下山。

"怎么还不睡啊？"尚哥走出房间问我。

"明天就走了，舍不得睡。太喜欢这儿了。"

"你……要不要皈依？"

我想了想，微笑着摇了摇头。

"明早跟师父打个招呼再走吧。"

"不了，不想打扰他。"我保持不变的微笑继续摇头说。

"那成。没事早点睡吧。"他没有表情地说。

"谢谢你带我来这儿，这里太不同了，非常好。我会非常难忘。"我真诚地对他说。

为了更加难忘，我决定徒步下山。他们不建议我徒步下去，很远，而且路上可能会有雪豹和狼等一些危险的野生动物。我执意徒步，因为那一路风景太壮观，来的时候车速太快，我没有好好欣赏。

很幸运只看到野牛和鹿。高原的山光秃秃的，山的枯草黄配着高原蓝天的蓝，再加上几朵一尘不染的白云，好看极了。下山的砂石路就像一根披在风景画上的方便面，从一座山的山顶扯到另一座山的山脚。壮美的风景把心情带上高潮，我边走边给我妈发视频。

"好不好看，妈？太震撼了！"

我戴着耳机用摄像头尽量把风景全映在屏幕里。

"妈听说你去见活佛，这两天在店里没事就把小和尚摆件拿起来摸摸，可亲了。"三姐笑着说。她的脑袋和我妈的脑袋挤在一个屏幕上。

"妈，活佛给我打了一卦。说我这眼睛五年之内能好转，不能彻底恢复正常，但能好转很多。"

"真的呀？哎，妈。太好了！"三姐兴奋地说。

"真的。"我轻松地说。

"好，那好，那太好了。"我妈亮出一口洁白的假牙不住点头，情绪有点激动。

"他还说我之后的几年运势好，做什么都顺风顺水。"

"嗯。好，好。"

"对了，妈，阿旺送我的哈达活佛加持了，我准备给我爸，你别吃醋啊，给你买好吃的。"

"嗯。不吃醋，妈吃啥醋？妈啥也不要，你早点回来就行。"她说着突然反悔，认真地说，"那个，那个不能给他，你自己留着。人家给你加持是对你有好处，不能给他。"

"这老太太。"我笑着说。

我妈不像我，为了我好她什么信仰都愿意信点。我不像我妈，为了她好我什么瞎话都编。

回家后，爸妈看到我安全归来特别开心。我把哈达挂在我爸脖子上，他愣住了，很快小心翼翼地摘了下来，生怕带走一点儿福气儿。

"我不要。你留着，你好我就好。"

第十一章　　游荡在世界之外

　　我会在山上盖个小木屋，但我不会与世隔绝。如果眼睛允许，我会直奔想去的世界走一遭。我会告诉遇见的人，假如他也想要尝试下宁静，那就过来小酌几杯，共赏这清幽的曼妙。

我现在开始认真考虑去山上盖个小木屋的事情。

跟抑郁缠斗那么多年，现在可以说是胜利了，已经接受现在的自己，不再想那么多有的没的，踏踏实实过好日子就行。

然后就是视力的问题，看来是不太可能出现奇迹了，不过也没所谓，我也接受了。既然早晚都要一个人生活，那我就得提前规划好。规划的结果就是上山盖个小木屋。

我爱自由，爱大自然，爱旅行，地方都想好了，就是那片让人流连忘返的原始森林。

盖一个简单舒适的小窝，每天泡在大自然的环境里，潜心酿酒。酿酒一方面是为了有活儿干，有活儿干就不会无聊致死。另一方面是因为我是个酒鬼，用东北话来说，就是一个酒蒙子。

我不会与世隔绝，如果眼睛允许，我会直奔想去的世界走一遭。我会告诉遇见的人，假如他也想要尝试下宁静，那就过来小酌儿杯，共赏这清幽的曼妙。

山下的林业局环境优美，生活便利，适合养老。我希望爸妈能在那儿安享晚年，我们可以经常来往。我给他们弄点山货，他们给我砍块肉。下山我得把他们惹生气了再走，我了解他们，不生气会闲出病的。他们闲不住也可以到我这儿种点蔬菜，钓钓鱼，晒成干儿分给各地的仨姐。

凌晨1点，我完全沉浸在美好的想象里，时而不自觉地笑出声。

235

躺不住了，起来看看乱糟糟的店里都什么上山用得上。

第二天早上醒来，一想到这事还是美得很，心里都亮了。

年底，店里生意也持续下滑，三姐为此感到焦虑，天天催我想办法扭转局面。我却每天坐在电脑前找视频学习酿酒技术。

"你这又是要干啥呀？又魔怔啦？"三姐闲着无聊，在我旁边看了一会儿视频。

"这次可没有。"

"那你看这干啥呀？有用吗？"

"学门技术，学到手都是活儿。"

"净扯这没有用的。"她生气走了。

她心里没底，我上两次坐在电脑前认真学习，一次是为了上山玩，一次是为了骑行318川藏线，都干完了。这次我要干啥她搞不懂。但我暂时还不能说，时机不成熟。要是我再把店卖了换个山里的小房，搞不好家里就得炸。严防爆炸，多做准备，慢慢泄露。

晚上的时间都用于设计山里的房子和学习酿酒知识，像着了魔。着魔有什么不好？我很兴奋。查酿酒设备，做预算。甚至每年酒的产量和酒坛数量，所占空间，我都会仔细计算。

按照我的设想，房子是个小四合院。四合院有安全感，也可以避免野生动物来访。我不太欢迎野生动物，三观不合，没话聊。

大门宽三米，或许还得再宽点，二姐开车比较鲁莽，有点怕她把我大铁门撞开裂。

正房是个二层小楼，白墙灰瓦，房盖上得有窗户，趁没瞎还能数数星星赏赏月亮。两侧的耳房用于酿酒和仓库。正房和耳房下就做存放酒的地下室。

装修风格一定是极简的，闭上眼睛也一目了然，避免以后让多余的东西绊倒自己，所有物品都有它们自己的位置，闭着眼睛也能找到。

院子里还得有狗窝和葡萄架，具体如何布局，还没想好。细节太多了，慢慢来。具体方案还得跟施工队探讨，不然都是纸上谈兵。我不打算去山里过《瓦尔登湖》的作者亨利·戴维·梭罗那么苦的生活。我得把精力留出来酿酒，还有享受。我一定能酿出好酒，这点我有把握。即便五年、十年后我的视力、体力都下降了，卖酒也能生活。

酿酒绝对是个技术活儿，以前干炒货加工厂，出名全靠手艺精。命运虽然没给我好眼睛，但我干活儿悟性还可以，也算它公平。我的设备都不大，酒的产量也不大，一个人的活儿慢慢做。我不准备雇人，担心工人会在细节上出问题。同时我也越来越喜欢体力活儿，出点汗，吃饭也更香。

院子里的葡萄还能酿点红酒，蒸馏一下就是白兰地。那附近还有一片蓝莓果园，还有野生枸杞，都可以酿酒。余生喝的酒都是好酒，还有什么比这更让我愉悦的？至于吃饭，可以用玉米面混点葱花肉末煎成饼，一个饼就是一顿饭。也许还可以加点山里的蘑菇！反正周围的山都是我的菜园子。我唯一担心的是，如此吃下去，早晚吃成个球。

沉迷在这些细节中，不觉时日易过，没几天就春节了。我们家人都喜欢回农村过年，年味足。今年更热闹，二姐家、三姐家都在家过年。大人干活儿小孩疯，我经常属于小孩，所以大人骂我，小孩缠着我，很尴尬的身份。

年夜饭的时候，爸妈对这一年很满意，家人其乐融融，整体越来越好。

"大儿，我跟你爸合计了，咱们今年一起努努力，把你开店那房子买下来。房东不找你好几回了吗？"我妈满心期待地说。

"努力行，关键是我不知道买那么贵的房为了啥。你俩呢，也不用想着给我攒钱。你们还不了解我吗？你们辛苦攒了一辈子，就是我一个想法的事，一眨眼就没了，小心点。"我没开玩笑，却在笑。

"那是，了解。钱都在你小姐那儿放着呢，都没敢让你经管。"我爸笑着说。

"妈攒钱为了啥呀，不都给你攒的吗？"

"都坑你们多少年了，差不多得了。保重身体，只要不吃药，你俩吃啥都小钱儿，想开点。"

每年年夜饭后，我妈最认真的就是摆扑克牌算新年运势。A到 Q 代表 12 个月。她前几年都点好，今年也特别有信心，可惜只开了一大半。

我和二姐、三姐吃饱了撑的，围着看。

"这把不算，再来一把。牌都没洗开！"我妈很不高兴地说。

"老太太玩赖。"二姐撇着嘴说。

再来一把也没好到哪儿去，她就不好意思再赖了，有点失落。

到我摆的时候，她比期待自己的更紧张，怕我看不清，戴副老花镜相当专注地帮我盯着，越到后面越紧张，可惜也只开了一大半。她还想赖，让我再来一把。

"妈，我觉得这样就是最好的结果。你看，每个月都没有太不顺的，尤其六七八九四个月，这几个月会有啥好事发生呢？"我沾沾自喜地说。

"夜市，弟，你今年夜市行了。"二姐说。

"嗯，对，太对了！年年就那几个月最挣钱。"我说。

我妈还是有点不满意。二姐更糟糕，只开了一小半，脸色非常难看，很不服气，很不满意。看她眼神，就是想再来一把。

"嘿！我二姑娘这个赶不上我大儿哟。"我妈高兴地说。

"嗯，你大儿啥都好！这把不算，这回你们都别给我碰啊！"二姐瞥了我妈一眼说。

"妈，咱不动，省得赖咱们。上把真不能算，你给抽好几回。"我说。

"行，这把我不动。"

第二把，二姐非常紧张，每抽一张牌都使个寸劲儿。最后只有两门没开，她精神大振，美坏了。我妈也跟着高兴，皆大欢喜。

"再看看我老姑娘的，都别动啊，让我老姑娘自己摆。"我妈说。

三姐也开了一大半，她不失望也不惊喜，跟着过年的好气氛一直呵呵笑。"我跟我老弟在一起，他啥样我就啥样，差不多。"三姐无所谓地笑着说。

"行！都挺好。"我妈奋力一说，眼镜一摘，摆牌闭幕。

过完年，我继续设计山里的房子。我把房子从二层减到一层，整个大小也小了一号，主要是钱不够啊。没理由用爸妈辛苦攒了一辈子的钱去造作。再说一个人造那么大的房子有什么用？冬天取暖还贵，污染环境。屋里连门都不需要，搞不懂为什么要花钱安门。室内墙也省了，直接用柜子隔。

上好的琉璃瓦还是改成彩钢保温板做房盖吧，暖和实用。

大白乳胶漆壁纸统统不需要，白灰的质感非常好，自己就能刷。我要淡淡的暖绿色，或者别的颜色。

至于加热陶瓷按摩浴缸，自己完全可以砌一个普通浴缸。用热得快给水加热，泡的是山泉热水又不是缸。

软包的床再好看，睡的无非是一张板，那一张板就够了。

还有购物车里那七千多的音箱太次了，它怎么可能完全还原大自然的声音，出门就能听见。

唯独酿酒的投入一分也少不了。

这样的话变卖一切差不多就够了，今年不成就明年。

喔，对了，我还要养一条狗，就叫它"目遥"。当别人问为什么叫这个名字时，我就说目是眼睛，遥是远方，它能让我看到远方。

如果有人愿意到我山里的小房来，我会让他带条狗。我会把目遥喊来："目遥，这是你妹。"

"它是公狗。"

"那也叫妹妹。"

"汪汪。"

后记： 一切都在变好

2020 年刚刚开始，新冠肺炎在全国暴发。我们家人很幸运，没有遭到病毒的侵袭。

隔离期间，我与世隔绝，不分昼夜写这本书的初稿。全心投入过往的生活里，与这个正处于水深火热的世界似乎格格不入。

投入写作的过程很累，但是很享受。全民隔离让我拥有一段难得的清净，但也把脑子熬得够累。我必须到雪地上撒点野。

凌晨五点，天刚刚有一点放亮，我准备步行上山。刚到小区门口就被工作人员拦住。

"你要去哪？"女人从一辆车里迅速钻出来拦住我问。

"啊？咋的了？"

"疫情期间不能外出。"

"你放了我吧。我就想透透气，快两个月了，我比谁隔离得都好，天天对着电脑打字。脑汁儿都烧干了，我必须得放松放松眼睛。我不给你们添麻烦，走一圈就回来行不行？"

她认识我，但我不认识她。因为眼病，我很多时候认不出眼前的人。我们假装很熟地聊了几句，她说工作不容易。后来她就给我放行了，因为我要去的地方也没有一个人。她再三嘱咐我快点回来。走到山腰看着这座熟悉的小城，一片空寂，我感到异常陌生。我才真正体会到疫情的严重性。我的天！这女的一定在小区门口守了一夜，冰天雪地的，难怪一脸疲惫。

封城解除后，我们还是不敢开门营业。即便营业也没有顾客，大多数人还处在高度防备状态。长期的隔离让人们焦躁不安，我们家也是，尤其二姐。她五个店开不了门，意味着每天什么也不做就损失很多钱。跟她比我很幸运，才俩店。而且这段时间我也没荒废，潜心写书，活活把自己熬成了阿呆。

"别上火二姐，比起感染病毒的人，咱们是幸运的。"我坐在床边看着闷闷不乐的二姐说。

"咱们不算啥，汪姐13个店，她更愁，天天问我咋整。尤其你，那点房费不算啥，你也别上火。"

"我觉得咱们应该放松一下，换个心情，别整天跟热锅上的蚂蚁似的，解决不了问题。"

"咋放松啊？"

"去呼吸两口山里的空气啊，尝尝野味。"我眉开眼笑地说。

二姐人没动，依旧像个病人，但松弛的眼皮立马精神起来，眼珠一转，笑了。

"走！"

我就是想看看我要去的山里冬天的样子。我们驱车150公里到了山边，遗憾的是疫情期间，检查站不让进山，只有山里人可以来回进出。我们无奈折返，但我看到山了，冰雪世界美得受不了。

我们在太阳落山前在山边玩了一会，踢雪、打滚、大喊大叫。二姐只顾着拍照，那是唯一能证明她来过的有力证据。

太阳很快就落山了，我们恋恋不舍地开往城里。

"这种感觉太好了，没玩够。"二姐枯萎地望着车窗，假装哭着说。

"这算啥，山里更漂亮。"我坐在副驾说。

"那你有啥招儿，人家不让上。"二姐夫开着车说。

"二姐你说这我要是在山里整个窝，还不是想玩多久玩多久，春夏秋冬都好玩。"

"我就喜欢上山，我现在最大的爱好就是上山采蘑菇。"二姐一边说一边假装哭。

"你大宝弟真要是上山了，到时候我陪你在这住几天，采个够。"二姐夫说。

家人此时对我上山盖小木屋的事情，已经不再明确反对。

"舅，就你自己在山里住那得多吓人啊？"外甥女说。

"你舅不害怕，他跟正常人不一样。要不你上咱们家那林场买个平房得了，还便宜。住几天住够不要了还能少赔点，离家还近。"二姐夫对我说。

"那能一样吗？一种是农民，一种是隐士。再说山和山的感觉也不一样啊！"

"隐士？哎妈呀！隐士是啥样啊？"二姐夫惊讶地嘲笑我。

二姐一家三口近乎同时发出大笑，笑我一个农民还愣装隐士。

"是不是听起来档次就不一样？"我也笑着说。

"不一样，不一样。弟，咱就当隐士，到时候人家问我你弟干啥的呀，我说隐士。"二姐笑得直拍外甥女。

"妈你小点声，震耳朵。"

五月，全国疫情得以控制的时候，黑龙江的确诊病例却多了起来，一下子成了全国人民关注的焦点。民间传言更是五花八门，人们在疫情的阴影笼罩下小心翼翼地活着。

　　我爸的电话打破我的平静。"你最近忙不忙？"

　　"忙，改稿呢，还得几天。你啥事？"

　　"不管啥事儿都放下，你大姑父病了，得去医院，你哥你姐都不在家，就得你管。"

　　大姑父身体一直很好。我刚要解释最后两天很重要，希望等两天，就被我爸给骂了。视频里，我看到大姑父的糟糕状态，我很为难。大姑父自己也说再不上医院不行了。

　　表哥在山东，表姐在哈尔滨，哈尔滨又是疫区，她没法出来。我们这儿虽不是疫区，传言还是不乐观。医院是个是非之地，去了就得隔离，还有很大的感染风险。

　　我爸找了帮手把大姑父从乡下拉到县城，我在县城上车准备直奔市里医院。看到大姑父第一眼我很慌，比视频里更糟糕，已经不省人事，呼吸困难。车里弥漫着屎臭味，他拉在了裤子里。

　　我责备我爸，这么严重为什么不早点去医院。遗憾的是，还没到市区大姑父就彻底安静了。一切都那么猝不及防，我该如何跟表姐说这结果？

　　"英姐。"电话里我沉默了很久。

　　"嗯，你们到医院啦？顺不顺利？钱要是不够的话你就跟我说。"

　　她还很高兴，感谢我能陪大姑父住院。

　　"我大姑父走了。"

"啊？走了？他上哪去了，他不是都起不来了吗？你别着急，慢慢说，上哪去了？"

我哽咽，她有些不知所措。她还笑着，不停地质疑走和能不能走以及去哪了。我的哭声让她越说越慌。

"死了。"

我终于艰难地挤出了这两个字。

"啊？怎么可能呢？你不说他走了吗？他去哪了？"

"死了。"

她终于在慌乱的笑声中哭了出来。

"他咋死了呢？他咋能死呢？你快点再看看，万一是假死呢？你们到医院了吗？"

几天前，69岁的大姑父还能扛起一百斤重的粮食。因为摔了腿，自己早年又是乡村游医，会用各种抗生素，尤其敢对自己用，结果死于抗生素。

疫情期间不让办葬礼，火葬场不允许停尸。乡下的传说，死在外面的人不能往家里拉。我们停在了半路不知去向。为了让表姐能见到他最后一面，我们最后把大姑父的尸体安放在大门的门洞里。安置好后已是凌晨。附近的邻居和几个年老者开始追忆起大姑父的一生，站在棺材前把大姑父年轻时搞破鞋和干啥啥赔钱的丑事一一说了个遍。

大姑这辈子最恨的人就是大姑父，也用她的暴脾气压制了大姑父一辈子。她出奇地理智，一直忙前忙后地张罗，像是张罗别人的葬礼。她很冷静，一滴眼泪也没有，时而念叨着：

"死了更好，省得祸害儿女。这些年这俩孩子都给他花多少钱了？竟干那大脑袋事。"

老人们一直事不关己地笑着讨论大姑父的死，评选下一个该死的会是哪个老头。选不出来就接着说大姑父的糗事。

平静的夜里一阵小风吹过门洞，卷起黄色的烧纸。我灵机一动站起来指着飞纸说："欸，是不是让你们说不乐意了？"我神经兮兮的样子让他们一下子停了下来。三个老头看着飞纸不笑了，也不说了。没一会就散了。

火葬场只允许两位亲人穿防护服进入。入殓前，我给表哥发视频，让他看大姑父最后一眼。表哥哭得撕心裂肺，很快挂断了视频。

表哥表姐经过商讨，决定把大姑父的骨灰先带回家，等表哥回家后一半撒在老家山上，一半撒在山东老家山上。我觉得挺好，等我死了要是没人帮我撒在风里就随便吧，反正我死了。送葬的村民一片哗然，说骨灰绝不能带回村里。

表姐无奈，恋恋不舍地把大姑父骨灰安置在殡仪馆，然后随车队一起回村里。出发前每人喝了一口白酒，在车前都放了一挂鞭炮。我没喝，有点好奇鬼神到底长啥样，始终听说没见过。

本打算 2020 年使劲干，攒够了钱好上山小隐，但因为疫情，生意荒废，我也无话可说。但我不想坐以待毙浪费时间，不如去山里实地考察一下环境和房子的事。于是制订计划，第一天骑行 130 公里到林业局，第二天再骑 80 公里上坡到山上。

路过农村老家时，村口是我同学的一片瓜棚。喊叫无应答，他妈让我去13号大棚找找看。

"你回家了吗？"齐鹏用他的衣服蹭了蹭瓜递给我说。

"去的时候不能回家，挨骂，得回来的时候再去。真甜，挺有味啊，自然熟的玩意儿是好。"

"大哥你嗑皮吃吧，没洗。瓜有的是，慢点，别着急。"

"你这不是不用农药化肥吗？"

"那你知道农家肥是啥吧？"

"早说，都快吃完了！"

走的时候他给我装几个大瓜，我换了几个小的。

"你埋汰我呢！"齐鹏看我蹲下专门挑小瓜，气坏了。

"你就没长脑。不一定你认为好的就是好的。这么大背着多沉啊，大的一顿吃不了一个，小的歇一回吃一个正好。还有一百公里，我得歇四次，三个瓜正好，因为有一站得吃冰糕。"

"你现在咋变得……磨磨叽叽的？"他无奈地笑着说。

"走啦！"我挑完装进双肩包。

"你回来到我这儿喝点。"

"我回来得找我妈，想喝去县里找我。"

"慢点骑！"

"磨叽！"

第二天骑行在山林里，虽然都是小上坡，但是心情格外好。每路过一条河，我就停下来抽根烟，幻想着以后我们就要朝夕相伴的日子。这像极了爱情，不在一起的时候想念，见面了心情就特别好。我还知道在一起久了会乏味甚至厌倦，好在我追求的是稳稳的幸福，不怕长相守。

坏消息是山里现在不让搞建筑，好消息是山里还有村民。我看上了景区附近的农家院，景区游客越来越少，他家生意也不行，村民说有可能卖。

院子很大，周围是郁郁葱葱的树，旁边有两个篮球场大小的养鱼池。对面还有一条小河，河上的木桥可通行小型汽车。我呆呆地看了很久。下山的时候，我满脑袋计划着这房子怎么改，怎么设计。以至于跟一条长虫邂逅的时候我都没看出来是它，以为是树枝或者地上的裂缝。轮胎即将触碰它的时候它猛地抬起头，把我吓得在脚踏上蹦了一下。我也没说"你好"，而是一句骂。

等我回去看它的时候，那条蛇正一丝不挂地在地上拱，还好没轧到它。我掏出手机拍了几张它的裸照。心想：

"咱俩见面这事儿最好都别跟爸妈说，让他们知道又说咱不往好道走。"

蛇头也没回钻进草丛里，估计它吓坏了，正生我的气。我也不是故意的，既然没法沟通，以后还是少见为好。

家人知道我去山里看房了，也越来越清楚我要做什么。这次回爸妈家他们什么也没说，也没生气，给我做了好吃的。我撑得骑不了车，剩下的40公里是我爸开车给我送回去的。

在车上，我小心翼翼跟我爸说了我去干吗。他只开车，什么也不说，认认真真听我说我的未来计划。

我想，一切都在逐渐变好。

真实打动世界

出品人 雷磊 雷军

特约编辑 果旭军

版权运营 鲁瑶

封面设计 周墨

关注真实故事计划

微博：@真实故事计划 | 投稿邮箱：tougao@zhenshigushijihua.com